Pasión y diamantes

Kelly Hunter

Editado por Harlequin Ibérica.
Una división de HarperCollins Ibérica, S.A.
Núñez de Balboa, 56
28001 Madrid

© 2006 Kelly Hunter
© 2016 Harlequin Ibérica, una división de HarperCollins Ibérica, S.A.
Pasión y diamantes, n.º 2088 - 11.5.16
Título original: Priceless
Publicada originalmente por Harlequin Enterprises, Ltd.

I.S.B.N.: 978-84-687-7623-1
Depósito legal: M-5535-2016
Impresión en CPI (Barcelona)
Fecha impresion para Argentina: 7.11.16
Distribuidor exclusivo para España: LOGISTA
Distribuidores para México: CODIPLYRSA y Despacho Flores
Distribuidores para Argentina: Interior, DGP, S.A. Alvarado 2118.
Cap. Fed./Buenos Aires y Gran Buenos Aires, VACCARO HNOS.

Capítulo Uno

Erin Sinclair estaba acostumbrada al tráfico: tráfico en horas punta, atascos, tráfico en días lluviosos y, como ahora, tráfico de camino al aeropuerto. Sídney era una ciudad pintoresca y llena de vida, pero las calles, los lunes a las ocho de la mañana, estaban congestionadas.

Los taxistas lo sabían.

Sus pasajeros iban con retraso, pero había logrado llevarles a salidas internacionales en un tiempo récord. Le habían dado una buena propina. Ahora solo le faltaba conseguir más pasajeros de vuelta a la ciudad.

Se detuvo en la zona destinada a taxis de lujo, justo delante de la entrada de la terminal, y salió del taxi. Era el único que había en ese momento. No tendría que esperar mucho tiempo.

Como era requisito, iba vestida de negro: botas negras, pantalones negros y camiseta negra. La gorra de taxista la había dejado en el asiento del acompañante.

El hombre que salió de la terminal no iba de negro, pero le habría sentado muy bien. Llevaba botas con punteras de acero, pantalones cargo de color verde, camiseta gris y… debajo un cuerpo extraordinario.

3

Era un hombre de hombros anchos, caderas estrechas, sin grasa y musculoso. Tenía el cabello negro y de descuidado corte y un rostro próximo a la perfección. Se le veía cansado, pero no era un cansancio propio de un largo vuelo, sino algo más profundo. Iba muy serio. Mejor, porque una sonrisa de ese hombre podría deshacer a cualquier mujer.

Tras mirar a su alrededor, el hombre se dirigió hacia ella.

Inmediatamente, Erin abrió el maletero. Él ya se encontraba a su lado y, de cerca, vio que tenía los ojos de color caramelo. Sonrió al hombre y fue a agarrar el equipaje.

—Lo haré yo —dijo él con voz profunda y queda.

—¿Es porque soy mujer?

—Es porque pesa mucho —respondió mirándola con intensidad—. No es usted muy corpulenta.

Erin se apartó de un soplo un mechón castaño de los ojos. ¿Y qué si medía un metro sesenta y dos y tiraba a delgada?

Erin abrió la portezuela posterior del coche y esperó a que entrara. Él la miró, sin moverse, y sonrió; evidentemente, no estaba acostumbrado a esas cosas.

—¿Está seguro de que quiere un servicio de taxi de lujo? —le preguntó en tono burlón—. La parada de taxis normales está ahí mismo.

Él dirigió la mirada a la larga fila de taxis antes de clavar los ojos en ella una vez más.

—¿Tardo menos en llegar a la ciudad en un taxi de lujo?

4

—No, ni hablar.

La sonrisa de él se agrandó.

—La ventaja de ir en mi taxi es que puede leer tres periódicos diferentes y puedo pedirle un café.

—¿Un buen café?

—Un café excepcional.

—Solo y con dos cucharadas de azúcar —dijo, y se subió al taxi.

Erin cerró la puerta, rodeó el vehículo y se colocó al volante.

—¿Adónde vamos?

—A la calle Albano, Double Bay.

Un bonito lugar. Agarró el móvil, llamó para pedir un café y arrancó el coche.

—¿Periódico? —preguntó ella—. Tengo el *Sídney Morning Herald*, *The Australian* y *Finantial Review*.

—No.

—¿Música?

—No.

Tomó nota. Aunque el cliente no parecía inclinado a conversar, le dio otra oportunidad.

—¿De dónde viene?

—De Londres.

—¿Ha estado ahí mucho tiempo? —por el acento se había dado cuenta de que era australiano.

—Seis años.

—¿Seis años en Londres? ¿Seguidos? ¿No me extraña que parezca cansado?

—Pensándolo mejor, páseme un periódico —dijo él mirándola a los ojos por el espejo retrovisor.

Eso significaba que nada de charla.

—Muy bien.

Erin le pasó el *Sídney Morning Herald* sin abrir la boca. Quizá fuera un atleta de élite o un futbolista de regreso al hogar tras una desastrosa gira por Europa.

—¿Es usted futbolista?

—No.

—¿Poeta? —cabía esa posibilidad. Podría dar lecciones a Byron a la hora de parecer atractivo, inalcanzable y necesitado de consuelo.

—No —respondió él abriendo el periódico.

Mejor olvidarse de su taciturno pasajero y concentrarse en la conducción.

A los cinco minutos se detuvo delante del Café Sicilia, bajó la ventanilla y una joven camarera le dio al pasajero el café.

—El café ya lleva azúcar, pero le he puesto unos terrones de más por si acaso.

—Es usted un ángel —dijo él con voz suave y profunda, y la joven pestañeó repetidamente.

Erin subió la ventanilla. Su cliente no la había llamado ángel a pesar de haber sido ella quien le había pedido el café. Era un desagradecido. Sus miradas volvieron a cruzarse en el espejo retrovisor y le pareció ver una chispa de humor en los ojos de él.

—Los duendecillos no pueden ser ángeles —declaró él con solemnidad—. Son otra cosa.

—Me alegra saberlo —ese hombre tenía unos ojos espectaculares. Un rostro inolvidable...

De repente, el motor empezó a hacer un ruido extraño y Erin se vio obligada a desviarse para tomar una calle secundaria; ahí, el motor del Mercedes de lujo se paró.

—Nos hemos parado —dijo él.

—Bébase el café —respondió ella, y se puso a intentar poner el marcha el coche.

El motor se encendía, pero parecía un enfermo tosiendo.

—Podría ser un problema de la gasolina —comentó él.

—Podrían ser muchas cosas —Erin reflexionó un momento—. Voy a pedir otro taxi para que venga a recogerle y le lleve a su destino.

—No, no es necesario —respondió él—. Abra el capó para echar un vistazo.

—¿Es usted mecánico?

—No, pero entiendo de coches.

Erin abrió el capó, salió del vehículo y, al lado de él, contempló el inmaculado motor.

—¿Qué puede hacer sin herramientas?

—Echar un vistazo a los fusibles y las conexiones —respondió el pasajero al tiempo que iniciaba el examen con una seguridad que a ella le dio confianza. Tenía unas manos bonitas, manos que, simultáneamente, parecían fuertes y suaves. No llevaba anillo en el dedo ni ningún otro artículo de joyería.

—¿Se dedica usted a rescatar a gente? ¿Es bombero? ¿Trabaja en servicios de emergencia?

—¿Es que usted juzga a las personas solo por su oficio? —preguntó él mientras examinaba el motor.

–No solo por eso, también por los buenos modales y por su atractivo, pero las apariencias engañan.

–Ya.

–Y, por supuesto, también están los signos del zodiaco –añadió Erin con gesto pensativo.

–¿Quiere decir que juzga a una persona por el día en que nació? –preguntó él con incredulidad.

–Eh, juzgar a un hombre es algo muy difícil. Una chica necesita toda la ayuda posible.

–¿Como la astrología?

–Usted, por ejemplo, me parece que es un escorpión: voluble, intenso… –e increíble en la cama–. Pero podría equivocarme.

–Supongo que se equivoca con frecuencia.

Pero él no le había dicho que se había equivocado. Interesante.

–Es Escorpio, ¿verdad? Lo sabía.

Él la miró con exasperación.

–Eso no significa nada.

–No, pero sin ningún otro tipo de información, ayuda a juzgar a un hombre. Al menos, en teoría –Erin guardó silencio un momento–. Somos bastante compatibles.

–Difícil de creer –murmuró él burlonamente.

Erin contuvo una carcajada.

–Sí, con esa cara bonita como la suya, podría estar perdida.

Cuando él sonrió, a ella se le deshizo el seso.

–Se le ha fundido un fusible –declaró él al cabo de un momento.

–¿En serio?

–Sí. Por suerte, tiene uno de repuesto.

Se dispuso a cambiarlo y a ella no le quedó más remedio que quedarse mirándole e intentar no quedarse sin respiración.

–Pruebe a poner en marcha el coche.

–Bien –Erin se colocó al volante y arrancó el motor–. Funciona.

–No veo por qué le sorprende –comentó él cerrando el capó.

–No me sorprende. Le estoy muy agradecida. ¿Cree que va a pasar otra vez?

–Eso no se puede saber –respondió después de subirse al coche.

No era la respuesta que había esperado. No obstante, lo mejor era ponerse en marcha y ver qué pasaba. Si volvía a estropearse, tendría que llamar a la empresa.

La duendecillo chófer tenía razón, seis años fuera de casa era mucho tiempo, pensó Tristan Bennett mientras vaciaba la taza de un buen café, pero ya no caliente. Se había adaptado bastante bien a la vida londinense, con su trabajo y su piso, y ahora su hermana también estaba allí; pero nunca se había sentido en casa. Había ido a Londres y había viajado por toda Europa por motivos de trabajo, pero del juvenil entusiasmo del principio había pasado al cinismo y a una creciente sensación de futilidad. Y, después de la última investigación, se había sentido cansado, triste y con dudas de poder aguantar más.

Su hermana, Hallie, le había sugerido volver a Australia y tomarse un descanso. Australia era su hogar, el lugar perfecto para recuperar la paz interior. El único lugar.

Y ahí estaba. Acosado por pesadillas de las que no se podía deshacer y casi seguro de que esperaba demasiado de la vieja casa con sus propios recuerdos, tanto buenos como malos.

—Es esa de la derecha —dijo Tristan al acercarse a la casa de dos pisos forrada de madera rodeada de un porche.

La duendecillo asintió, se acercó al bordillo de la acera, paró el coche y apagó el motor.

—¿Le esperan? —preguntó ella frunciendo el ceño.

—No.

Su padre se había tomado un año sabático y estaba en Grecia, y sus hermanos estaban desperdigados por todo el mundo. Pero daba igual, no necesitaban estar ahí para que él sintiera su presencia. Estaba en casa.

—Conozco una buena empresa de limpieza, por si lo necesita —dijo ella.

La casa parecía algo descuidada, al igual que el jardín, pero nada que él no pudiera solucionar.

—Yo me encargaré de ello —respondió Tristan. Al fin y al cabo, no tenía ninguna otra cosa que hacer.

—No puede imaginar lo que eso significa para una mujer —comentó ella al tiempo que se volvía para mirarle. Y, al instante, sintió el impacto de esos ojos castaños y una sonrisa que prometía tanto pasión como alegría–. Se lo juro, mejor que la seducción. Y si encima cocina, soy toda suya. No será usted cocinero, ¿verdad?

–¿Otra vez con lo mismo? ¿Por qué tanta fijación con el trabajo de un hombre en vez de pensar en qué clase de persona es?

–¿No es lo mismo?

–No. Y no soy cocinero.

La expresión de ella era una mezcla de alivio y desilusión.

–Puede que sea mejor así –murmuró ella.

–Es posible –comentó Tristan, incapaz de contener del todo una sonrisa.

La duendecillo no era su tipo. Le había sorprendido, eso era todo. Sin embargo, el cuerpo parecía decirle que sí era su tipo.

Su cuerpo había pasado veintidós horas en un avión, ese era el problema.

–¿Cuánto le debo?

–Nada. Ha arreglado el coche.

–He cambiado un fusible –le corrigió él–. Ha sido un trayecto de media hora. Tengo que pagar algo.

–No –el teléfono de ella sonó y, a juzgar por su expresión, estaba ansiosa por responder la llamada–. ¿Le importaría que contestase? Será solo un momento. Mi hermano lleva toda la mañana intentando hablar conmigo y, por una cosa u otra, no hemos podido.

–Sí, conteste.

Ella le lanzó una rápida sonrisa y agarró el móvil.

11

–Hola.

–Erin, soy Rory.

Por fin. Erin abrió el capó del coche para que su pasajero pudiera sacar el equipaje y salió para ayudarle, pero él declinó la ayuda.

–¿Qué pasa?

–Se trata del viaje de la semana que viene para comprar piedras preciosas. No voy a poder ir.

–¿Qué? –ella alzó la voz–. ¿Por qué?

–Esta mañana nos han dicho que tenemos que ir a Sumatra dentro de tres días.

–Maldita sea, Rory. ¡Sabía que pasaría algo! ¿Por qué tienes que ir tú y por qué ahora? ¿Qué hay de las vacaciones que tenías reservadas desde hace dos meses? –Erin se paseó a lo largo del coche. Rory era un ingeniero del ejército completamente dedicado a su trabajo–. Déjalo, no contestes. ¿Se lo has dicho a mamá?

–No se trata de nada peligroso, Erin, solo estamos reconstruyendo una estructura.

–Lo que significa que no se lo has dicho.

Rory suspiró.

–Se lo diré esta noche durante la cena. Vendrás, ¿verdad?

–¡No! –exclamó ella, consciente de la falsedad de su negativa. Rory siempre las invitaba a cenar cuando le enviaban fuera a una misión, era una tradición familiar. Su padre, un contralmirante, siempre les llevaba a cenar fuera cuando salía al extranjero en una misión–. Maldita sea, Rory, ya puedes elegir un restaurante caro para compensar por esta faena. Necesito tener lista la colección para dentro de un mes. ¡Necesito esas gemas!

–Lo siento, Erin. Si consigues que otra persona te acompañe, preferiblemente un eunuco con el instinto protector de un dóberman, te dejaré el coche.

–¿Y a quién crees tú que se lo puedo pedir?

–Sí, te comprendo –dijo Rory–. Está bien, puedes pedírselo también a una chica, pero una que sea capaz de cubrirte las espaldas.

–Podría ir sola.

–Solo si pudieras pagar con tarjeta y pedir que te enviaran las piedras por mensajería.

–No me hagas esto, Rory –su hermano sabía tan bien como ella que las mejores gemas solo se encontraban en las minas y que nadie usaba tarjetas ni envíos postales. Las transacciones se hacían en dinero efectivo y nada más–. ¿No podrías pedirle a alguien de tu regimiento que me acompañara?

–¡Por supuesto que no!

Erin suspiró.

–Vamos a cenar en Doyle´s, para que lo sepas –añadió Rory–. A las siete y media.

Estupendo. Erin lanzó un gruñido y cortó la comunicación. Su pasajero había sacado el equipaje y la miraba como si la conversación le hubiera divertido.

–¿Problemas? –murmuró él.

–Sí, pero estoy pensando en una solución. Dígame, ¿es usted un eunuco?

–Ni siquiera voy a preguntar a qué viene eso –respondió él.

—Necesito un acompañante para un viaje hacia el oeste. Es para comprar piedras preciosas. Y el acompañante tiene que ser… fuerte, como usted. Es para hacer de guardaespaldas y para proteger las gemas. Supongo que no le interesa, ¿verdad?

Él pareció sorprendido y, un momento después, severo.

—Debería tener más cuidado —dijo él—. ¿Qué diría su hermano si supiera que le ha pedido a un completo desconocido que la acompañe a ese viaje?

—Prefiero no pensarlo —la desesperación cambiaba el comportamiento de una mujer. No tenía ni idea de quién era ese hombre y tampoco por qué le había pedido que la acompañara en su viaje—. Tiene razón, ha sido una mala idea. Olvídelo.

—¿Cuánto le debo?

—Nada. Bueno, sí, contésteme a una pregunta.

—¿Quiere saber a qué me dedico?

—¿Qué le hace pensar eso? —le dieron ganas de reír al ver la expresión de él—. Dígame su nombre.

Se hizo un tenso silencio.

—Déjelo, no importa —Erin sacudió la cabeza—. Que tenga un buen día.

—Tristan —dijo él cuando Erin iba a meterse en el taxi—. Tristan Bennett.

Erin se le quedó mirando en silencio. Esos maravillosos ojos color caramelo la miraban con expresión reservada—

—Bueno, Tristan Bennett —dijo Erin por fin—. Bienvenido a casa.

Tristan no quería que la taxista se marchara, quizá por haber despertado su curiosidad o por retrasar cruzar la puerta que le llevaría de vuelta a su infancia.

–¿Para qué quiere las gemas? –preguntó él.

–Además de taxista, soy joyera –respondió Erin–. Hay un concurso de mucho prestigio dentro de un mes y quiero presentarme.

–¿Joyera? –jamás lo habría imaginado–. No lleva ninguna joya encima.

–La empresa no lo permite. Es por evitar robos.

–Está bien, si no consigue encontrar a nadie que la acompañe, avíseme, es posible que pueda ayudarla.

¿Qué había dicho? ¿Por qué le había ofrecido ayuda? No era un buen samaritano.

–Es usted un encanto –comentó ella observándole.

¿Un encanto?

–No, no lo soy.

–Está bien, como quiera –dijo ella–. Bueno, será mejor que me vaya. Tengo trabajo.

–No me ha dicho su nombre.

–Erin. Erin Sinclair.

Capítulo Dos

Erin tardó cinco minutos en darse por vencida. Ni amigos, ni primos hermanos ni primos segundos, todos tenían cosas que hacer. Disponía solo de un mes para hacer las joyas, el tiempo se le estaba acabando y casi no le quedaban opciones. Casi.

Podía recurrir a Tristan Bennett.

Tristan Bennett era justo la persona que necesitaba: un tipo duro, protector e inclinado a mantener las distancias. Y había dicho que quizá pudiera ayudarla.

Había llegado el momento de averiguar si lo había dicho en serio.

Pensó en qué ponerse para ir a verle. Quería que su relación con él fuera una relación de trabajo, por lo que eligió unos pantalones color crema, sandalias sin tacón y una camisa, aunque la camisa era de color rosa vivo y escotada.

Se puso también uno de sus collares preferidos, de jade y platino. Era una experta en historia de joyería, conocía bien los materiales, los tipos de adornos y los diferentes métodos de hacer joyas. Sus diseños eran buenos, diferentes. En los momentos de optimismo, pensaba que tenía posibilidades de ganar el concurso, siempre y cuando contara con las gemas adecuadas, un buen diseño y una excelente ejecución.

Pero tenía que ir paso a paso.

Lo primero eran las gemas, y para conseguirlas necesitaba a Tristan Bennett.

El ciento noventa y uno de la calle Albany, con el césped cortado y el jardín arreglado, presentaba un aspecto diferente.

Después de tomar el sendero de la entrada y parar el coche fue cuando le vio. Tristan estaba subido a una escalera limpiando el canalón.

Cuando Tristan volvió la cabeza y la vio, cesó en su tarea.

—Erin Sinclair —dijo él cuando ella se acercó a la escalerilla y le sonrió.

—Has hecho un buen trabajo —comentó ella.

—Y tú has vuelto —respondió él.

—Eres un hombre difícil de olvidar —y con el que era fácil soñar.

—No has encontrado a nadie que pueda acompañarte en el viaje, ¿verdad?

—No —admitió ella mientras Tristan bajaba la escalerilla.

Era más alto de lo que recordaba y estaba más moreno. Se preguntó si todas las mujeres que le miraban se quedaban sin respiración, como ella.

Tristan se quitó los guantes de trabajo y a la vista quedaron las fuertes manos. Unas manos que, con seguridad, sabían acariciar el cuerpo de una mujer.

–Sigo necesitando un acompañante –anunció Erin–. ¿Te interesa? Gastos pagados, y podríamos llegar a un arreglo respecto a un pago por tu tiempo. No sería mucho, pero si estás buscando trabajo… En fin, todo ayuda.

–No necesito tu dinero –contestó él–. Gástatelo en tus gemas.

–¿No estás en paro?

–Tengo trabajo, pero estoy tomándome un tiempo de descanso.

¿Qué trabajo? Tristan no parecía querer hablar de sí mismo.

–No creo que el viaje dure más de cuatro o cinco días, todo depende de si tardo o no en encontrar lo que quiero. La primera parada, para los ópalos, será en Lightining Ridge. De ahí quiero ir a Inverell a por los zafiros.

–Puedo ir por unos días.

–¿En serio?

La sonrisa de Erin era como un rayo de sol. Esa chica era demasiado abierta, demasiado confiada. Lo contrario a él.

–El único problema es que no te conozco bien. Tengo que conocerte un poco mejor.

–¿Cómo? –preguntó Tristan, aplaudiendo el sentido común de Erin.

–¿Qué tal si te invito a cenar?

¿A cenar? Tristan la miró con incredulidad.

—¿Crees que puedes saber cómo es un hombre con solo irte a cenar con él?

—Sería en casa de mi madre.

—¿Tu qué? No, ni hablar. No, no, no —Tristan sacudió la cabeza—. No tengo intención de ir a cenar a casa de tu familia.

—Solo estará mi madre —respondió ella—. Bueno, quizá también mi abuela.

Dos madres.

—¡Ni hablar!

—No creerás que puedo pasar una semana entera por ahí con un hombre sin que mi familia sepa quién es, ¿no te parece?

—Deberías conocer a mi hermana —comentó él enigmáticamente—. ¿Y tu padre? ¿No podría ver a tu padre? O a tu hermano.

—Los dos están fuera del país. Además, se exceden en lo que a protegerme se refiere. Las madres son mucho más razonables. ¿Qué te parece esta noche a las siete?

—No.

—Entonces, ¿cuándo?

—¿Qué te parece si te doy mi carné de conducir? Se pueden averiguar muchas cosas sobre una persona con el carné de conducir.

—¿Como qué? ¿Que le está permitido conducir?

—Como su nombre y dirección y la fecha de nacimiento. Con esos datos, se pueden averiguar otras cosas.

–No eres un delincuente, ¿verdad?

–Todavía no.

Erin le lanzó una mirada limpia y pensativa, no tan inocente como le había hecho creer.

–Está bien, hagamos un trato. Un medio desayuno medio almuerzo el domingo, pero en casa de mi madre. Y, para ser justos, puedes pedirle a tu madre que te acompañe.

Tristan sacudió la cabeza.

–Mi madre murió hace mucho –cuando él tenía doce años.

No era algo que le gustara divulgar, no soportaba la compasión que la gente solía mostrar al enterarse. Tenía treinta años, y ya no necesitaba una madre.

–En ese caso, podrías invitar a tu hermana.

–Vive en Inglaterra.

Erin suspiró.

–¿No tienes una tía soltera de esas a las que les encanta contar anécdotas de la infancia de su sobrino?

–No, pero la cacatúa del vecino de al lado sabe quién soy. Podría acompañarme.

–Bien. Y, si quieres, pídele a tu vecino que te acompañe también.

–¿Es que no te fías de tu propia capacidad de juicio?

–Sí, y mi juicio me dice no fiarme de un hombre que no quiere conocer a mi madre.

Tenía sentido.

–Desayuno comida mañana por la mañana. Y se

te permite fijar un tiempo límite. ¿Te parece bien media hora?

–Una madre solo y media hora –confirmó él–. Eso es el máximo.

–No hay problema –Erin sonrió cálidamente–. Vendré a recogerte a las diez.

–Dame la dirección e iré yo –el coche de su padre estaba en el garaje. Aunque… clavó los ojos en el Monaro aparcado en su propiedad. Eso sí que sería un placer–. ¿Es tuyo?

–No, es de mi hermano Rory –respondió ella caminando hacia la moto. Él la siguió–. Yo no tengo coche. Me dijo que me lo dejaba para el viaje, pero me parece que si los vendedores lo ven van a triplicar el precio de las gemas, así que he optado por llevar el Ford de mi madre. Ella se quedará con el Monaro.

–Voy a echarme a llorar.

–Llorarías si tuviera que pagar el combustible para ese coche.

–En eso te equivocas. Estamos hablando de una aceleración instantánea y una velocidad punta de ensueño. El precio del combustible es secundario.

–Hablas como mi hermano. Jamás entenderé esa fijación de los hombres por los coches rápidos.

–Esto te parece buena idea, ¿verdad? –le preguntó Erin a su madre a la mañana siguiente mientras dejaba un paquete de café y una tarta en el mostrador de la cocina. Llevaba dos años viviendo sola, pero iba a ver a su madre con regularidad–. En su momento, me lo pareció.

–Sí, me parece bien, cariño –Lillian Sinclair miró a su hija por encima de sus gafas de cerca de color morado, una gafas que escondían una aguda mirada–. ¿Cómo has dicho que se llama?

–Tristan Bennett.

–Hace años conocí a un Tristan, era coreógrafo. Un encanto.

–No creo que este sea coreógrafo. El nombre no le va.

–¿No? ¿Qué nombre crees tú que le iría?

–Lucifer.

–¡Vaya! –exclamó su madre arqueando las cejas.

–Es muy guapo –le pareció bien prevenir a su madre.

–¿Y malo?

–Espero que no –Erin titubeó–. El instinto me dice que es un buen hombre, pero también que tiene un lado oscuro.

–¿A qué se dedica?

–Ni idea.

–Deberías preguntárselo.

–Pienso hacerlo –Erin abrió el paquete de café–. Es muy… esquivo.

El timbre sonó. Eran las diez en punto.

–Y puntual –observó su madre–. Me gusta eso en un hombre.

–¿Cómo estoy?

–Bien. Dime, ¿quieres que abra yo la puerta?

–No, ya voy yo –respondió Erin con un suspiro, y se dirigió al vestíbulo.

Tristan iba vestido con una camisa blanca, aunque con las mangas subidas. El resto era lo que había supuesto: pantalones cargo, botas usadas…

A sus pies había una jaula con una cacatúa.

–Se llama Pat –dijo él–. Desgraciadamente, los vecinos tenían que ir a la iglesia.

–Entrad.

Tristan agarró la jaula y la siguió hasta la cocina. Allí, con resignación, vio a su madre echar un vistazo al pájaro y al hombre y enamorarse de los dos al instante. Después de las presentaciones, Tristan, con el pájaro al lado, se sentó a la mesa, Lillian se sentó frente a él mientras ella se dispuso a preparar el café.

–¿Tarta? –preguntó Erin.

–Sí, gracias.

Cortó un buen trozo de tarta para Tristan y al pájaro le dio pan integral con un poco de miel.

–Palabrotas no –dijo la cacatúa.

–No, en mi cocina, no –dijo Lillian sonriendo–. Bueno, Tristan, Erin me ha dicho que vivías en Londres.

–Sí.

Parecía incómodo, pensó Erin.

–Solo y con dos terrones de azúcar, ¿verdad? –preguntó mientras le servía un café.

–Sí, gracias.

–Come –Lillian indicó la tarta–. Se ve que necesitas alimentarte.

Tristan cortó con el tenedor un trozo de tarta y se lo metió en la boca.

—Está muy bueno –comentó él.

—Claro, lo he comprado en la tienda de la esquina –Tristan tenía ojeras–. Me parece que también necesitas dormir.

—Duermo bien –Tristan se acabó la tarta y agarró la taza de café–. Y también me alimento bien.

—Infierno –dijo Pat–. Purgatorio.

—Es católica –comentó Tristan.

—Se lo perdonamos –dijo Lillian–. ¿Qué es lo que te ha traído de vuelta a Australia?

Tristan se encogió de hombros.

—Me debían vacaciones y he decidido volver a casa.

—¿Cuánto tiempo te vas a quedar?

—Seis semanas.

Seis semanas eran muchas vacaciones. Sabía que preguntar a alguien cuál era su trabajo era de mala educación, pero tenía la sensación de que si no se lo preguntaba él no se lo iba a decir.

—¿En qué trabajas?

—Trabajo para la Interpol.

Erin se le quedó mirando boquiabierta.

—¿Un trabajo administrativo? –preguntó Erin tras una larga pausa.

—No.

—Maldición –dijo la cacatúa.

—Vamos, Pat, no es tan terrible –le dijo Lillian al pájaro–. Peor sería si fuera un oficial de la marina.

–Un policía de la Interpol –declaró Erin–. Tú.

–¿Algún problema?

–Solo para la mujer con la que te cases –respondió Erin mirándole fijamente.

Su madre la miraba a ella con expresión comprensiva. Tristan Bennett era policía, otro hombre con secretos y un trabajo que debería anteponer a su familia. ¿Por qué no se había dado cuenta? Tristan lo llevaba escrito en el rostro: fuerza, indiferencia, autoridad...

–Al menos estarás protegida en el viaje –le dijo su madre.

–¿Por qué te has hecho policía?

–Me gusta la justicia –respondió él con voz queda–. Y me gusta dar caza a los bribones.

–¿Lo consigues siempre?

–No, no siempre.

Tristan apartó la mirada, pero no antes de que Erin viera la frustración reflejada en sus ojos. Su madre le cortó otro trozo de tarta. Su madre llevaba veintiocho años casada con un militar, y su primer hijo había seguido los pasos del padre. La especialidad de Lillian Sinclair eran los guerreros con el alma maltrecha.

–Mira, ahí es donde tenemos que ir –Erin agarró un mapa de encima de un montón de papeles y lo abrió sobre la mesa. Ella también se daba maña para distraer a un soldado maltrecho–. Creo que podríamos tomar la carretera que va por el interior.

–En ese caso, atravesaréis el parque natural de

Warrambungles –comentó su madre–. Podrías hacer escalada –Lillian miró a Tristan–. Debes tener la misma talla que Rory, kilo arriba o kilo abajo. Puedes utilizar su equipo.

–¿Te gusta escalar? –preguntó Tristan mirando a Erin.

–Es el deporte de la familia Sinclair. Llevo escalando desde que tengo uso de razón –no estaría de más meter en el coche el equipo de escalar por si acaso–. ¿Y tú?

–No.

–¿Te gustaría probar? Podemos ir al ritmo que tú quieras. Tú elijes.

–Un deporte maravilloso –dijo Lillian–. Es extraordinario para el cuerpo, te despeja la mente y las vistas son magníficas. No comprendo por qué no lo practica más gente. ¿Más tarta?

Media hora con Erin y su madre se le hizo corta. Lillian Sinclair tenía la habilidad de hacer que la gente se relajara en su presencia, a pesar de su insistencia en darle de comer.

También le había interrogado. Lillian había oído hablar de su padre en una galería de arte; su padre, como experto, había analizado unas piezas de cerámica china de la galería. Habían hablado de él un rato; como también de sus tres hermanos, todos ellos mayores que él; y de su hermana, la menor. Habían charlado sobre Londres y los jardines de Kensington, el Támesis y el barrio de Chelsea, en el que él tenía su piso. Y de escalar, el yoga, las ilustraciones de los libros infantiles y la necesidad de afilar los cuchillos de cocina.

No parecía una familia normal.

–¿Lo ves? –dijo Erin mientras le acompañaba al coche–. No ha estado tan mal.

–Soportable.

–No me engañas, sé que estar en la cocina de mi madre te ha gustado. Le pasa a todo el mundo. Lo que ocurre es que no quieres admitirlo.

Erin tenía razón, pero no iba a admitirlo.

–Bueno, ahora que ya me habéis hecho un repaso, ¿qué?

–Haz el equipaje para una semana y me pasaré a recogerte mañana por la mañana –dijo Erin mientras él colocaba a Pat en el asiento trasero–. A menos, por supuesto, que hayas decidido no acompañarme.

–Te acompañaré… a menos que hayas decidido que no quieres que lo haga.

–Sí, quiero.

Erin parecía pensativa y él creía saber el motivo.

–No te gusta mucho mi trabajo, ¿verdad?

–Estoy segura de que eres un buen profesional –respondió ella fríamente.

Erin olía a sol y a limones, su pequeño cuerpo parecía diminuto en comparación con el de ella. Sin embargo, Erin era puro acero.

–No has respondido a mi pregunta. Dime, ¿por qué no te gusta?

–Eso da igual –respondió ella sacudiendo la cabeza–. Solo me interesas como guardaespaldas. He decidido que no me interesas en ningún otro sentido.

–¿En serio?

–En serio. No eres mi tipo.

–¿Estás completamente segura de eso? –preguntó él en tono aterciopelado.

–Más o menos –Erin se recogió un mechón de pelo detrás de la oreja y asintió–: Sí, segura.

–Pues, por el contrario, yo creo que te gusto. Y tú, aunque no sé por qué, también me gustas. ¿Quieres que probemos mi teoría?

–No.

Pero las mejillas de Erin habían enrojecido y, cuando le acarició los labios con las yemas de los dedos, los abrió. Le puso una mano en la garganta, sintió su pulso errático y, con satisfacción, la vio parpadear al tiempo que su respiración se tornaba sonora.

–No te deseo.

–Ya lo veo –respondió él.

Tristan le puso una mano en la nuca y acercó la cabeza a la de ella. Erin no se acercó a él, pero tembló con el roce de sus labios. Una vez. Dos…

La tercera fue la definitiva.

Tristan había creído que controlaba la situación. Solo necesitaba saborearla para demostrarse a sí mismo que no era distinta a otras mujeres, ni más dulce; que eso había sido producto de su imaginación. Seguía sin perder el control cuando Erin le puso las manos en los hombros y él la atrajo hacia sí. Pero entonces sus cuerpos se encontraron, Erin abrió la boca para permitirle la entrada y la llama del deseo amenazó con consumirle.

Erin no era dulce.

Erin no se parecía a ninguna otra mujer.

Erin le hizo perder el control.

Temió ahogarse en su propio deseo. El resto del mundo dejó de importarle, solo existían para él esa mujer y la magia entre ambos.

Había besado a muchas mujeres en su vida, pero no así, nunca así.

La soltó bruscamente.

Erin tenía los labios hinchados y los ojos desmesuradamente abiertos. Se quedaron mirándose en silencio.

–Demonios –murmuró Tristan dando un paso atrás al tiempo que se metía las manos en los bolsillos para no abrazarla otra vez–. Tú tampoco eres mi tipo.

Erin volvió a la cocina de su madre sin que se le doblaran las piernas, eso era lo bueno. Lo malo era que su madre, con solo mirarla, sabía lo que había pasado entre Tristan Bennett y ella.

–Creo que acabo de tener una revelación –declaró Erin dejándose caer en una silla–. La tierra ha temblado, he visto fuegos artificiales y, casi con toda seguridad, he oído arpas en el cielo.

—¿Le ha pasado a Tristan lo mismo que a ti?

—No lo sé, se ha marchado corriendo.

—Me gusta ese hombre –declaró su madre.

—Debería llamarle y cancelar el viaje –dijo Erin–. Podría comprar las gemas en una subasta. Hay una el viernes.

—Buena idea –respondió Lillian.

—Es policía –Erin suspiró pesadamente.

—Policía de élite –le corrigió su madre.

—¿Y qué?

—El problema es que te importa demasiado el tipo de trabajo de un hombre.

El problema era que le había gustado desde el principio, al margen de su trabajo. Y ahora le gustaba todavía más, un desastre para una chica que quería un marido que volviera a casa todas las noches y no tuviera secretos para su familia.

—¿Tan terrible es querer un marido cuyo trabajo no le lleve por todo lo largo y ancho de este mundo en persecución de tipos malos?

—No, en absoluto –murmuró Lillian. No era la primera vez que tenían esa conversación–. Soy la primera en admitir que, a veces, es difícil de sobrellevar. Pero un apasionado defensor de la justicia no va a conformarse con cualquier trabajo, Erin.

—No quiero un apasionado defensor de la justicia.

—Cielo, lo llevas en la sangre. Dudo que te conformaras con otra cosa.

—En ese caso, me casaré con un médico. Al menos, se dedican a salvar vidas desde casa.

–Sí, claro, los médicos lo tienen muy fácil: dieciocho horas de trabajo al día, decisiones de vida o muerte, pacientes… Y sus esposas también lo tienen muy fácil. Y cuando van a una fiesta o cualquier otra actividad recreativa, jamás se ven interrumpidos por una urgencia. Y, al volver a casa, lo hacen a las seis de la tarde, alegres y dispuestos a preparar la cena.

–Está bien, puede que ese no haya sido un buen ejemplo.

–En la vida hay que compensar una cosa con otra, Erin. A ti también te apasiona tu trabajo. Cuando encuentres al hombre de tu vida, dará igual a lo que se dedique. En cuanto a Tristan Bennett, está soltero y dispuesto a ayudarte a conseguir lo que quieres. Es justo lo que necesitas. Y asegúrate de que come.

–¡Mamá, por favor! Es un adulto y comerá cuando tenga ganas –había algo más que le preocupaba de Tristan Bennett–. Creo que huye de algo. Creo que lo está pasando mal.

–Sí, yo también lo he notado –comentó su madre mirándola–. Pero se encuentra a gusto contigo.

Capítulo Tres

Tristan disminuyó la velocidad al acercarse a una glorieta.

Su vida estaba patas arriba de repente y, mirase para donde mirase, nada parecía igual.

En realidad, le apetecía hacer ese viaje. Ópalos, zafiros, kilómetros y kilómetros de carretera en compañía de una hermosa, ingeniosa y sonriente mujer. Le apetecían unos días de recreo y se preguntó adónde conducirían después de haber encendido la chispa del deseo entre la duendecillo y él.

Pero su intención había sido divertirse, no esclavizarse. A ella no le gustaba su forma de ganarse la vida. Y, en ese momento, a él tampoco.

Vivía en Londres, en un piso de dos habitaciones en medio de una ciudad agobiante. Si dejaba su trabajo, dejaría Londres también. Podía ir a vivir a cualquier sitio y dedicarse a cualquier cosa. Podía incluso volver a casa.

Le aterrorizaba entregarse a una mujer y acabar perdiéndola. Eso era, lo reconocía. Un miedo escondido, apenas consciente e insuperable. Suponía que se debía a haber perdido a su madre y haber visto a su padre hundirse. Su padre se había recuperado, todos lo habían hecho, pero era indudable que la muerte de su esposa le había afectado enormemente. También había visto a Jake divorciarse a los seis meses de casarse con Jianna. La dulce y encantadora Jianna, a la que conocían desde pequeños, y se había quedado destrozado.

A Tristan le gustaban las mujeres cariñosas e inteligentes, las mujeres que sabían lo que querían de la vida y luchaban por conseguirlo. Le gustaba su compañía y le gustaba hacerles el amor, pero manteniendo las distancias.

Con Erin era diferente. Erin le despertaba algo profundo, algo potente, desconocido y tan fuerte como para ser capaz de declarar la guerra a un constante compañero suyo: el miedo.

No, todavía no era amor. Deseo quizá. Un deseo profundo. Pero no amor.

Erin no podía dormir. El beso de Tristan y saber a lo que se dedicaba le hicieron dar vueltas en la cama. No era el hombre para ella, al margen de lo que pensara su madre. Su madre se equivocaba. Tristan era demasiado intenso, demasiado desconcertante, demasiado de todo para ella.

Y besaba como un ángel.

Miró el reloj, aún no era media noche. Todavía estaba a tiempo de llamarle y decirle que ya no necesitaba que le acompañara al viaje. Era una mujer adulta e inteligente, mejor hacer el viaje sola y no arriesgarse a que Tristan Bennett le destrozara el corazón.

No, era demasiado tarde para llamarle. Además, no tenía su número de teléfono. Debía dormir. Se dio media vuelta en la cama y cerró los ojos.

Nada.

En dos minutos consiguió el número de teléfono de Tristan; mejor dicho, el número de teléfono de la casa del padre de Tristan. Marcó el número en el inalámbrico y, de pie al lado de la cama, esperó a que contestara. Hizo un esfuerzo por tranquilizarse. Lo único que tenía que hacer era decirle que había cancelado el viaje. Después, se dormiría.

Cinco toques de timbre. Seis...

–Bennett –respondió Tristan con voz ronca y adormilada.

Lo malo era que le había despertado, lo bueno que así Tristan podría levantarse tarde al día siguiente. Estaba segura de que se sentiría aliviado.

–Soy Erin –dijo ella paseándose por la habitación–. He cambiado de idea respecto al viaje, no me parece buena idea.

–Bien –murmuró él–. Buenas noches.

–¡Espera! ¿Es que no vas a preguntarme por qué he cambiado de idea?

–No.

–Lo que pasa es que no puedes besar a una chica y esperar que actúe como si nada. Creo que merezco una explicación.

–No hay explicaciones que valgan –respondió él–. Cosas de la vida.

–No tiene ninguna gracia.

–Te aseguro que no volverá a ocurrir.

–¡Por supuesto que no! Y respecto al viaje…

–¿Ya hemos dejado de hablar del beso?

–Sí, a menos que quieras decirme que el beso que nos hemos dado ha sido absolutamente perfecto y que casi no puedes comer, ni respirar, ni dormir.

–Lo he superado.

¿Y ahora qué? Ah, sí, el viaje. Dejó de pasearse y se sentó en la cama.

–Estoy pensando en suspender el viaje.

–¿Por el beso?

–No. Y ya hemos dejado de hablar del beso, ¿o se te ha olvidado?

–Perdona –ahora parecía algo más espabilado–. ¿Por qué quieres suspenderlo?

Por el beso. Por la posibilidad de más besos.

–Hay una subasta esta semana y he pensado que podría comprar las gemas ahí.

–Mentirosa –dijo Tristan.

–¿Cómo sabes que es mentira?

–Soy policía.

No se le había olvidado.

–¿Qué clase de policía? –preguntó, aunque no esperaba una respuesta directa. Solo quería ver qué decía él–. ¿En qué consiste tu trabajo exactamente?

–Investigo robo de coches a escala internacional.

–¿Sueles trabajar de incógnito?

–A veces.

–¿Puedes hablar de tu trabajo?

–No.

¡Menuda sorpresa! Quizá pudiera aguantar una semana con él; al fin y al cabo, Tristan no tenía intención de darle más besos. Y si mantenían las distancias, no le importaba ir con él. Posiblemente, se había precipitado respecto a suspender el viaje.

–Bueno, supongo que no estaría mal ir a Lightning Ridge a echar un vistazo a los ópalos.

Tristan suspiró sonoramente.

–¿Por qué no te lo piensas bien y me llamas por la mañana?

–Eso es lo que me gustaría, pero no consigo conciliar el sueño. Prefiero solucionarlo ahora y dormir luego.

–A mí también me gustaría dormir –comentó él.

No parecía inclinado a seducirla. Bien. Y ella no le estaba imaginando tumbado en la cama…

–Erin…

–¿Qué?

–Decídete de una vez.

Inconfundible, una orden. No le impresionaba. Estaba inmunizada a los soldados autoritarios.

–Vamos al viaje –lo había conseguido, había tomado una decisión.

–¿Estás segura?

–Me pasaré a recogerte mañana por la mañana a las ocho. Hasta mañana.

–Qué alivio –dijo él, y colgó.

Erin se despertó antes del amanecer. Preparó un almuerzo y metió el equipaje en el coche en tiempo récord, y solo un autocontrol a prueba de bomba le impidió presentarse en casa de Tristan dos horas antes de las ocho.

Le encantaba el inicio de un viaje, la posibilidad de descubrir cosas nuevas, quizá la piedra perfecta que pudiera inspirarle un diseño o una carretera de amplio horizonte, personas desconocidas, lugares escondidos… Se miró el reloj una vez más, las seis menos cuarto. ¿Estaría Tristan ya despierto?

Llegó a casa de Tristan a las siete y media. Llegaba con media hora de adelanto, pero no había podido evitarlo. Además, Tristan debía estar ya levantado.

La puerta tenía un viejo timbre de cobre, llamó. Después de medio minuto, oyó unos pasos. Cuando la puerta se abrió, vio a Tristan con solo unos vaqueros, el pelo mojado y revuelto y una toalla en la mano. Recién duchado y afeitado estaba muy guapo.

–Qué bien, estás casi listo –dijo ella, esforzándose por ignorar aquel torso digno de una escultura y salpicado de vello oscuro–. Y perdona, no es que quiera meterte prisa.

–Te has adelantado.

–Solo un poco.

Tristan se apartó para permitirle el paso. Vio el modelo antiguo de Ford de su madre y suspiró.

–Es un coche bastante cómodo –le aseguró ella.

–Lo sé, pero no puede compararse con el Monaro.

–Nos llevará adonde queremos ir –declaró ella con firmeza–. El Monaro llama demasiado la atención, y eso puede ocasionar muchos problemas.

–Lo sé –la sonrisa de Tristan era peligrosa–. ¿Por qué crees que nos gusta tanto?

Tristan cerró la puerta y echó a andar, dejándola sin más opción que seguirle.

Verle los músculos de la espalda mientras caminaba secándose el pelo la dejó atontada, así que decidió mirar a otro lado para distraerse.

Siguió a Tristan hasta un cuarto de estar. Tristan le había dicho que todos sus hermanos se habían independizado y que allí ya solo vivía su padre, pero la casa era acogedora y se notaba que ahí había vivido una familia. Vio un cinturón de kárate en una vitrina.

–¿Quién es el séptimo cinturón negro dan?

–Jake. Dirige una escuela de artes marciales en Singapur.

–¿Y los libros de aviones?

–Son de Pete. Ahora está en Grecia, pilotando aviones de recreo. Es un trabajo solo de temporada, de verano.

Al mirar una foto de un joven con el uniforme blanco de la marina, Tristan se adelantó a su pregunta:

–Ese es Luke. Es buceador de la marina. Te gustaría.

Erin enseñó los dientes.

–Cuánta testosterona –comentó ella con dulzura–. ¿Hay alguien de tu familia que tenga un trabajo normal?

–Hallie se dedica a la compra venta de objetos de arte chinos –respondió él–. Eso es bastante normal.

Sí, claro, normalísimo. Bueno, por lo menos había dejado de secarse el cabello. Pero ahora lo tenía revuelto, liso por algunos lados y en punta por otros, lo que le daba un aspecto de juvenil inocencia. Engañoso. Muy engañoso. Tristan no tenía nada de inocente. Ni tampoco era inocente su reacción a la casi desnudez de él. Y, a juzgar por el oscurecimiento de los ojos de Tristan y su inmovilidad, se había dado cuenta del efecto que había provocado en ella.

¡Qué espanto! Mejor respirar, pensó al tiempo que, rápidamente, desviaba la mirada hacia un póster de la película *El rey y yo* que colgaba de la pared, encima de la chimenea. Era lo único femenino de la habitación. Deborah Kerr enseñando a Yul Brynner a bailar el vals.

–¿El póster es de tu hermana?

–Sí, y los demás lo aguantamos por ella –respondió Tristan; al parecer, contento de la distracción–. Era la película preferida de Hallie.

La mujer que amansó a un orgulloso rey. Una chica criándose sin madre y rodeada de hombres. No le extrañaba que aquella película hubiera sido su preferida.

–Mi madre y yo volvimos a verla hace unos años

–comentó ella suspirando–. Me encantó. Desde entonces, me vuelven loca los calvos. No te vendría mal un corte de pelo.

–No vas a convencerme de que me rape la cabeza.

–No, claro que no. Aunque…

–No.

En ese caso, si no se ponía una camisa por encima, iba a empezar a salivar.

–¿No crees que deberías vestirte ya?

–Lo haré, si dejas de hacerme preguntas –respondió él en tono sufrido.

Erin sonrió dulcemente.

–Te espero aquí.

Tristan casi había llegado a la puerta cuando ella abrió la boca una vez más.

–¿Quién colecciona coches de juguete?

–Réplicas en miniatura –le corrigió él con firmeza antes de desaparecer.

–Entendido –dijo Erin sin contener una amplia sonrisa.

Los coches de juguete eran de él.

Era como ir en coche con una alegre hada, pensó Tristan tres horas más tarde. Había probado con no hablar, con serias miradas, con conducir él… Nada. No había nada que contuviera la efervescencia de Erin. Su intención era llegar a Lightning Ridge por la noche, a novecientos kilómetros de Sídney. Ni siquiera habían cubierto la mitad del camino.

–¿Qué tal si jugamos a veo, veo? –preguntó ella.

–No.

–¿Y si paramos para comer?

–Todavía no es mediodía.

Erin suspiró.

–¿Quieres que volvamos a cambiar y conduzca yo?

Él llevaba conduciendo menos de una hora. Todavía no tocaba cambio de conductor.

–No. Pon un CD –se encontraban entre dos ciudades, hacía veinte kilómetros que no recibían ondas de radio.

–No me apetece oír música en estos momentos.

–¿Por qué no te duermes? –sugirió él esperanzado.

–Quizás después de comer. Ahora, ¿por qué no me cuentas algo de ti?

–¿No te parecía mejor no intimar demasiado? –preguntó él burlonamente.

Erin llevaba una camisa azul y pantalones grises, nada excepcional ni insinuante ni femenino; sin embargo, toda ella era femenina, delicada y sensual. Las pulseras acentuaban la delgadez de sus muñecas, los pendientes hacían que uno se fijara en la curva de su cuello.

¿Cómo iba a aguantar una semana así?

–Me resulta difícil seguir ese plan –respondió Erin con un suspiro–. He pensado que si te conociera mejor me resultarías menos interesante. Y, con un poco de suerte, hasta puede que me desagrades.

No era una mala idea, pensó Tristan. Lo mejor sería ayudarle un poco.

–¿Qué quieres saber de mí?

–Dime cómo es que acabaste trabajando en la Interpol.

–Tenían una plaza vacante en el departamento de coches robados. Querían a alguien que entendiera de coches y que pudiera trabajar de infiltrado. Yo cumplía los requisitos.

–¿Te gustaba ese trabajo?

–Me gustó durante un tiempo.

–¿Qué te hizo cambiar de parecer?

–Se hizo cada vez más peligroso y dejó de ser una especie de juego para mí –respondió Tristan con voz queda–. Maduré.

–Suena terrible –comentó Erin–. ¿No puedes decir algo positivo de tu trabajo?

–Sí. En una ocasión, trabajábamos para desmantelar un grupo que se dedicaba al robo de coches en Serbia. Era un negocio familiar. Pero aunque conocíamos a todos los implicados, no podíamos tocarles. El mayor de todos murió de un infarto, los hermanos se mataron entre sí en un intento por asumir el control del negocio y, al final, el resto de los mortales se vio libre de ellos.

–Vaya, gracias. A tus hijos les va a encantar que les cuentes este tipo de cosas cuando les acuestes.

–¿Qué hijos?

–Los tuyos. Tendrás hijos, ¿no?

–No he pensado en eso.

–¿Nunca?

–No.

–No eres un buen candidato para marido.

–Lo sé –declaró él con solemnidad–. Mis habilidades son de distinto tipo.

–No puedo imaginarme de qué tipo son.

–Sí, claro que puedes.

Erin se sonrojó, abrió la boca para hablar, le sorprendió mirándola y apartó los ojos.

Silencio. Por fin. Saboreó el momento. Le encantaba que un plan suyo diera resultados.

Se detuvieron a comer en Gulgong, volvieron a turnarse para conducir en Gilgandra y llegaron a Lightning Ridge justo cuando el sol se ocultaba tras una línea de tierra roja salpicada de arbustos. Nadie sabía exactamente el número de habitantes de aquel lugar, se rumoreaba que entre dos mil y veinte mil. Lightning Ridge estaba en mitad de la nada y lleno de excéntricos, mineros de ópalos, optimistas y buscadores de fortunas. Era el lugar perfecto para esconderse.

–¿Dónde vamos a hospedarnos? –preguntó él.

–No lo sé –Erin le sonrió–, pero este es un buen momento para decidirlo.

–Ya –respondió Tristan, preguntándose por qué le molestaba tanto que Erin estuviera dispuesta a lanzarse a un viaje sin meta fija.

Él siempre viajaba así. Trabajaba en la clandestinidad y debía ser flexible; además, le gustaba. Pero, por lo que él sabía, a las mujeres no les pasaba eso. A las mujeres les gustaba saber exactamente adónde iban y cuándo iban a llegar, tanto si se trataba de pasar fuera el fin de semana como de las relaciones.

–Vamos a probar ahí –Tristan indicó un motel un poco más adelante a la derecha.

–De acuerdo.

El motel tenía aire acondicionado, televisión vía satélite y precios normales.

–Puedo ofrecerles la unidad familiar, con dos dormitorios y cocina americana –dijo la recepcionista.

–¿Dos dormitorios separados?

–Sí.

–Nos gustaría verlo –dijo Tristan.

La mujer agarró una llave que colgaba de un gancho en la pared y la dejó encima del mostrador con gesto brusco.

–La última puerta a la izquierda.

A Erin le gustó la unidad familiar. Estaba limpia y era funcional, cómoda, y así no tenían que seguir buscando después de haber pasado el día en la carretera. Los dos dormitorios y el baño estaban arriba; la cocina y la zona de estar, abajo. De haber sido Rory su acompañante en aquel viaje no habría dudado un segundo en decidir quedarse ahí, pero no estaba con Rory, sino con Tristan y veía un problema de privacidad.

–¿Qué te parece? –preguntó ella tímidamente.

–Me parece bien –respondió él cautelosamente.

–De acuerdo, nos la quedamos –le dijo Erin a la recepcionista al tiempo que sacaba la tarjeta de pago.

Tristan, con el ceño fruncido, parecía a punto de protestar, pero ella le lanzó una mirada de advertencia. Estaba decidida a cubrir los gastos del viaje. Ya lo habían hablado.

–Dos noches –añadió Erin.

–Si se quedan tres noches les daré entradas para la piscina del pueblo.

¡La piscina del pueblo, menudo incentivo!

–Es posible que tres noches, aunque no es seguro –dijo Tristan sonriendo a la recepcionista.

La mujer se pasó una mano por el cabello coquetamente, ignorando el hecho de que, por edad, podía ser la madre de Tristan.

–Le avisaremos con tiempo –añadió él.

No tardaron mucho en llevar el equipaje a sus habitaciones. Tristan tenía una maleta pequeña con ruedas, Erin una mochila llena de ropa, una bolsa grande en la que llevaba la lupa de joyería, un cuaderno de dibujo y lápices de colores, y también una bolsa con comida. Tristan agarró su maleta y también la mochila de ella, dejándole solo su bolsa y la comida. Rory habría hecho lo mismo y ella habría aceptado su ayuda sin más, pero Rory era su hermano.

Que Tristan lo hiciera la dejó con las piernas temblando.

–¿Qué prefieres, la habitación con la cama grande o la que tiene dos camas pequeñas? –le preguntó Tristan desde el piso de arriba mientras ella dejaba la comida en al cocina americana.

–¿De qué color son las sábanas de la cama grande?

–Blancas.

Maldición.

–Todas las sábanas son blancas –dijo Tristan después de bajar a la cocina–. ¿Te importa mucho?

–No, no mucho.

No, claro que no le importaba de qué color eran las sábanas, cualquier color le sentaría bien a Tristan Bennett. Además, estaba la cuestión del tamaño. Tristan era mucho más grande que ella. Gloriosamente más grande. Respiró hondo, soltó el aire con un soplido y dejó de pensar en sábanas blancas, camas grandes y Tristan Bennett.

–Me quedo con la de las camas pequeñas –ya estaba, problema de camas resuelto. Y habitaciones cerradas a cal y canto–. ¿Qué prefieres, cenar aquí o salir a cenar fuera?

–Qué has traído de comida –preguntó él.

–Cosas para desayunar, algunas cosas para picar y un par de botellas de vino. Nada de lo que se pueda decir que es una cena, cena. Yo más bien me refería a si compramos comida preparada y la tomamos aquí o si salimos a cenar fuera. Depende de lo que te apetezca. Ah, y dejemos las cosas claras desde el principio, pago yo.

–No es necesario.

A Tristan no parecía gustarle que una mujer le mantuviera. Pero ella no estaba dispuesta a dejarle pagar; al menos, no así, de primeras.

–Considéralo como gastos de la empresa –dijo Erin–. Y en lo que se refiere a cenar, a mí me apetece una hamburguesa. ¿Y a ti?

–Una buena hamburguesa con salsa de barbacoa –dijo él–. Y, para que lo sepas, ningún contable me va a considerar gastos de la empresa.

Tristan sacó del monedero un billete de cincuenta dólares, lo puso encima del mostrador de la cocina y añadió:

–Tú te has encargado del desayuno y del almuerzo, la cena corre de mi cuenta. Y no admito discusión.

Había hablado con suavidad, pero su fría y directa mirada le advirtió que no le presionara.

–Está bien –respondió ella acompañando sus palabras con otra mirada fría y directa–. Pero para conseguir unas buenas hamburguesas con salsa de barbacoa necesitamos que alguien nos recomiende un sitio. Iré a hablar con la recepcionista, a ver qué dice.

La recepcionista, que se llamaba Delia, le ofreció más que consejos. Llamó a un local, pidió las hamburguesas y también que se las llevaran a sus habitaciones. Dos hamburguesas, una con doble ración de salsa barbacoa, y patatas fritas con salsa de pollo.

–¿Para quién son las patatas fritas? –preguntó Erin a la recepcionista.

–Para su marido. Se le ve con hambre.

Estupendo. Otra mujer decidida a darle de comer.

–No es mi marido –declaró ella–, solo mi compañero de viaje. Un chófer.

Delia lanzó una carcajada.

–Cariño, si ese hombre es un chófer, yo soy la reina de Saba –después de un momento, añadió–: Aunque, pensándolo bien, estaría guapísimo de uniforme.

Erin no quería imaginarle con un uniforme. Desgraciadamente, no pudo evitarlo.

–Tardarán veinte minutos en traerles la comida.

–No me importa esperar.

–¿Por qué le iba a importar entretenerse pensando en ese hombre con uniforme? –dijo Delia–. También puede distraerse pensando en lo bien que se lo pasaría quitándole el uniforme.

Cinco minutos después Erin estaba de vuelta en sus habitaciones. Le informó de que las hamburguesas estaban de camino y, mirándole con expresión extraña, declaró que no le interesaba en lo más mínimo el tipo de uniforme que llevaban los policías de Interpol.

–No tiene importancia –respondió él observándola mientras Erin, en un despliegue de actividad, empezó a trajinar por la cocina: colocó los platos en la mesa, rebuscó en los armarios y le dio una botella de vino blanco para que la abriera.

–¿Vamos a beber? –preguntó él.

–Yo sí –respondió Erin–. Necesito distraerme.

–¿Por qué?

–Por ti.

–¿Te importaría explicarte?

–No, de ninguna manera –declaró ella con firmeza al tiempo que, por fin, encontraba las copas, que dejó también encima de la mesa–. Sirve el vino.

Tristan llenó dos copas. Quizá Erin tuviera razón, posiblemente el vino le obnubilara la razón y pudiera pasar la noche sin cometer una estupidez, como dar rienda suelta a la atracción mutua de ambos. O... no.

–¿Y si el vino no consigue distraerte? –preguntó él–. ¿Y si hace que pienses más en lo que tratas de evitar?

–Mejor no pensarlo –respondió ella alzando su copa–. Por los ópalos que voy a comprar, por los extraordinarios diseños que voy a realizar, por lo famosa que me voy a hacer y por el control de los impulsos respecto a los hombres con uniforme.

–Yo no llevo uniforme –dijo Tristan.

–No necesitaba saber eso.

Tristan se encogió de hombros y contuvo una sonrisa.

–Por tu éxito –dijo él.

–Gracias.

Les llevaron la comida diez minutos después. Las hamburguesas estaban buenas, pero las patatas estaban mejor.

–Buena idea –comentó Tristan señalando las patatas fritas amontonadas en un plato del que los dos picaban.

—Ha sido idea de Delia –observó Erin–. Me ha dicho que tenías cara de pasar hambre.

—¿Quién es Delia?

—La recepcionista –Erin le miró con curiosidad–. A las mujeres les gusta darte de comer, ¿verdad? ¿A qué crees que se debe?

—Supongo que al instinto maternal –respondió Tristan–. Además, ya sabes, la mejor manera de conquistar a un hombre es con comida.

—¿Te ha conquistado Delia?

—Todavía no, pero es una buena candidata.

—¿Te hacía alguien la comida cuando estabas en Inglaterra?

Tristan sabía lo que Erin le estaba preguntando y le pareció un buen momento para decirle lo que opinaba al respecto.

—No todos los días.

—¿Con frecuencia?

—No, tampoco con frecuencia.

—Yo no tengo ganas de darte de comer –declaró ella con solemnidad.

—¿No tienes instinto maternal?

—No.

—Me alegro –dijo Tristan.

Erin sonrió.

—Cuando pienso en ti solo pienso en apasionado sexo y en perder el sentido. En fin, supongo que no soy la primera que te lo dice.

–¿No tienes instinto de supervivencia? –preguntó Tristan. Él también pensaba en eso, el cuerpo se le endureció al imaginarse desnudando a Erin y poseyéndola ahí mismo, en la cocina–. ¡Maldita sea, Erin!

Tristan cerró los ojos y trató de recordar por qué no quería acostarse con Erin Sinclair, ni en la cocina ni en ningún otro sitio.

Lo recordó: Erin era peligrosa. Tanto si lo que quería era arrebatarle el corazón como si no, Erin Sinclair era capaz de llegarle a lo más profundo de su ser, y por nada del mundo quería que le ocurriera eso. No, no podía correr ese riesgo. No iba a permitirlo.

–Bebe –le ordenó Tristan, dolorosamente consciente de que si Erin le presionaba, y mejor que no ocurriera, si Erin le lanzaba una invitación con la mirada, sería incapaz de contenerse.

–Buena idea –dijo ella. Y agarró la copa con manos ligeramente temblorosas–. Creo que necesitamos alguna otra distracción.

Tras esas palabras, Erin se levantó de la mesa y salió de la estancia. Al volver, tenía un cuaderno de dibujo en una mano y lápices de colores en la otra.

–¿Qué vas a hacer?

–Voy a hacerte un retrato.

–¿Por qué?

–Voy a objetivizarte.

A él le pareció razonable.

–¿Quién te enseñó a dibujar?

–Mi madre primero; después, fui a clases de dibujo. Para una diseñadora, es muy útil –movía el lápiz con soltura–. Pon expresión de preocupado.

–¿Qué?

–Que pongas expresión de preocupado. Piensa en cualquier cosa que te preocupe.

–¿Quieres que piense en algo que no sea hacer el amor con una atractiva mujer que no quiere alimentarme?

–No, no pienses en eso –respondió ella rápidamente–. Piensa en cualquier otra cosa.

–No estoy seguro de poder hacerlo –murmuró él.

–Piensa en tu trabajo.

Tristan le lanzó una mirada asesina.

–Perfecto.

Tristan continuó lanzando chispas por los ojos.

–¿Cuánto tiempo te va a llevar?

–No mucho. Ya está casi. Es un retrato rápido, solo unas líneas. Intento evitar captar tu esencia. Tengo una pieza de ojo de tigre del mismo color que tus ojos. Si te hiciera un anillo con la piedra, ¿llevarías puesto el anillo?

Tristan lo dudaba.

–Sería algo así…

Erin volvió a dibujar, pero en otra hoja, encima de la mesa. Poco a poco, el diseño cobró vida. Era un diseño sencillo: un anillo ancho con una piedra cuadrada. Un diseño sencillo y, al mismo tiempo, elegante.

Tristan se encogió de hombros.

–Tu entusiasmo me tiene sobrecogida –murmuró ella agarrando la copa de vino–. En fin, te haré la sortija como pago por acompañarme en este viaje. Lo voy a hacer de oro blanco o, si consigo platino, de platino.

–¿Siempre te muestras tan generosa con gente que apenas conoces?

–Es un toma y daca.

Tristan quería tomar y dar. No sabía cuánto podía seguir aguantando sin tomar.

–Erin…

–Lo sé –le interrumpió ella casi sin respiración–. Creo que será mejor que me vaya a dar una vuelta.

Erin se levantó y fue a agarrar el plato de él.

–Déjalo.

Agarró su copa.

–¿Quieres que te la llene? –preguntó Tristan estirando la mano para agarrar la botella.

–¡No! Pero gracias. Bueno, me voy a dar ese paseo. Después, cuando vuelva, me daré una ducha y me iré a la cama. Sola.

–Buena idea –dijo él con voz ronca–. Pero si para cuando termine de recoger la cocina sigues aquí, acabaremos desnudos encima de la mesa, y tu ducha tendrá que esperar… hasta después. Lo sabes, ¿verdad?

Erin asintió y tragó saliva.

–No sé si estoy preparada para eso.

Él tampoco lo sabía.

–Disfruta del paseo.

Capítulo Cuatro

Tristan estaba soñando con los muelles de Praga y las interminables filas de contenedores. Caminaba hacia el último contenedor cerrado. Coches. Estaba buscando coches robados y su compañero tenía en el bolsillo el permiso para revisarlos, seguros de que iban a encontrar algo. Lo presentía y lo veía en las miradas de los trabajadores de los muelles que pasaban por su lado.

Coches. Buscaban relucientes y caros coches de lujo. Era tarde y estaba cansado, extenuado, pero había notado algo en la voz de Jago al referirse a ese último contenedor que nadie quería llevarse que le había alertado y le había hecho ponerse al descubierto. Jago estaba asustado, algo iba mal. Y un sinvergüenza como Jago no se asustaba fácilmente.

–Dime por qué tenemos que hacerlo –le había preguntado Cal después de recogerle para ir al muelle–. Dime por qué te has descubierto después de meses de trabajar de incógnito y por un solo maldito contenedor de coches robados.

No sabía qué responder. No lo sabía.

–Sé que algo anda mal.

–Sí, tu cabeza. No lo entiendo. Los teníamos prácticamente a todos, al grupo entero.

–Los cabecillas se marcharon esta mañana. Es el momento –el momento, en realidad, había pasado.

Muerte. Olía a muerte.

–¿Ha examinado alguien el contenedor? –preguntó al vigilante que les acompañaba.

–No, claro que no –respondió el vigilante–. Los trabajadores están asustados. Se les nota.

No se trataba de coches. No se trataba solo de coches. De eso estaba tan seguro como de su nombre. Y, de repente, no quería abrir el contenedor, no quería saber lo que había dentro.

–Deberíamos pedir refuerzos y esperar a que vengan para abrirlo.

–¿Te has vuelto un cobarde de repente, amigo? –le preguntó Cal.

No se trataba de cobardía. Seguía vivo porque tenía buen instinto, y el instinto le decía que se mantuviera alejado de ese contenedor.

–No me gusta esto.

–Eh, has sido tú el que me ha sacado de la cama para traerme aquí –Cal se acercó al contenedor y comenzó a abrirlo.

Cal, un intrépido joven que no había visto todo lo que él había visto.

–¡Cal, espera!

Pero Cal no esperó. Cal abrió la puerta del contenedor y el olor a muerte les envolvió. Debería haber hecho lo que estaba haciendo ahora días atrás, justo

55

cuando apareció el contenedor que se había perdido. Sabía que pasaba algo, pero había decidido esperar. Dentro no había solo coches; de hecho, no había ningún coche, sino colchones sucios y cuerpos inertes. Ahora, por fin, sabía por qué los traficantes se habían asustado al ver que el contenedor se retrasaba en llegar.

Las lágrimas le impidieron ver lo que no quería ver.

–Llama y pide una ambulancia –le dijo a Cal–. Alguien puede seguir aún vivo.

Debería haber abierto el contenedor tres días atrás, a su llegada al muelle. Sabía que algo había pasado, pero no de qué se trataba. Por eso había esperado.

Y esperado.

Erin se despertó al oír un ruido. Se quedó quieta en la cama, aguzando el oído. A la espera.

¿De qué? No lo sabía.

Volvió a oír el ruido. Un grito de angustia, de dolor, de desesperación.

Tristan.

No lo había soñado. Era Tristan.

¿Qué debía hacer?

Instintivamente, quiso ir a su habitación a abrazarle y a ofrecerle consuelo. Después, se le ocurrió que quizá debiera darle de comer. ¡Maldición! Permaneció en la cama y el ruido cesó y, de repente, vio luz por la rendija de la puerta. Tristan estaba despierto.

Oyó la puerta de la habitación de él al abrirse, oyó a Tristan entrando en el cuarto de baño y, después, el sonido del agua del grifo. Debía estar echándose agua por la cara.

Quería ir a verle y preguntarle qué le ocurría, pero, indecisa, se quedó donde estaba. A Tristan no le gustaría que se inmiscuyera en sus asuntos. Era muy reservado y, con toda seguridad, le diría que no era nada, que estaba bien y que volviera a la cama.

No, no le contaría nada. Conocía a esa clase de hombres.

Sí, conocía muy bien a esa clase de hombres.

Le oyó cerrar el grifo, darle al interruptor de la luz para apagarla y oyó sus pasos de regreso a su habitación.

Pero no apagó la luz de su cuarto y ella pudo imaginarle sentado en la cama con los codos en las rodillas y cubriéndose la cabeza con las manos. Y le maldijo por despertar en ella una vorágine de emociones.

Quería consolarle. Quería ayudarle desesperadamente. Y sabía que no podía.

A lo mejor Tristan estaba leyendo. Esperaba que fuera eso lo que estaba haciendo.

O quizá le gustara dormir con la luz encendida.

Capítulo Cinco

El desayuno no fue muy alegre, a pesar de que el sol brillaba y, por delante, se le presentaba la posibilidad de comprar el ópalo perfecto.

Erin observó en silencio a Tristan, recién duchado y afeitado, que estaba colocando dos rodajas de pan de pasas en el tostador. Se desenvolvía bien en la cocina, eso estaba más que claro. La noche anterior había recogido la cocina. El cuarto de baño también estaba en orden, sin pasta de dientes pegada al mostrador del lavabo ni toallas tiradas por el suelo. El único indicador de que Tristan había pasado por allí era el olor a jabón.

—¿Qué tal has dormido? —le preguntó ella en tono de no darle importancia.

—Bien —respondió Tristan—. ¿Y tú?

—Como un tronco.

—Estupendo —respondió Tristan mientras esperaba a que las tostadas saltaran.

No iba a hablarle de la pesadilla. Su padre y Rory se comportaban de igual manera, siempre reservados y siempre diciéndole que todo estaba bien cuando resultaba evidente que era todo lo contrario. Intentaban protegerla, lo sabía y se lo agradecía, pero también se lo reprochaba. Ella era más fuerte de lo que creían, suficientemente fuerte como para oírles y también para apoyarles.

Las tostadas saltaron, Tristan las puso en un plato, las untó de mantequilla y volvió a meter dos rodajas de pan en el tostador.

–¿Quieres estas tostadas? –le preguntó Tristan indicando el plato.

Tras un suspiro, Erin agarró una.

–El café está caliente –su contribución al desayuno. Dada la noche que había pasado Tristan, le parecía que iba a necesitar un par de tazas de café por lo menos para enfrentarse al nuevo día–. A cuarenta kilómetros de aquí hay una mina que lleva un hombre solo. Creo que es el primer sitio al que deberíamos ir ahora por la mañana.

–¿No tienes que llamar primero por teléfono?

Erin sacudió la cabeza.

–No, al viejo Frank no le gusta el teléfono. Lo bueno es que le encantan los ópalos –otra idea le vino a la cabeza–. Y también le gustan las pistolas. No le vas a arrestar por tener armas sin permiso, ¿verdad?

–Solo si me apunta a la cabeza con una –respondió Tristan.

Siempre cabía esa posibilidad. Frank y su arma solían recibir juntos a los clientes que se adentraban en su propiedad. Debía tener licencia de armas.

–Puede que sea mejor que te quedes en el coche mientras yo voy a buscarle.

–Me parece que no –respondió Tristan en tono implacable.

–Vaya, un tipo duro.

El tipo duro le lanzó una mirada que habría dejado helada la bahía de Sídney. En fin, ya se preocuparía de quién iba a buscar a Frank cuando llegaran a su propiedad.

Una cosa era segura, que a Tristan ya no le atormentaba la pesadilla. No, estaba pensando en distintas maneras de atarla al coche.

Tristan empequeñeció los ojos.

–Conozco ese tipo de sonrisa –le dijo él–. Mi hermana sonríe así también.

–¿Sí? –la sonrisa de ella se agrandó–. ¿Más tostadas?

Una hora después entraron en la árida propiedad de Frank, ignorando cautelosamente los letreros de «prohibida la entrada» y la calavera de una vaca colgando de un poste a la entrada.

–Muy curioso –comentó Tristan saliendo del coche para ayudarla a cerrar la cancela de la valla con las bisagras rotas–. ¿Cómo te enteraste de la existencia de este lugar?

–Hace dos años Rory y yo pasamos por aquí y paramos para ayudar a Frank a arreglar un problema mecánico en su coche. No sabíamos quién era, claro, pero después de charlar un rato…

–Ya, me lo imagino.

–Nos enseñó su mina y acabé comprándole unos ópalos. Creo que fue el destino.

–¿El horóscopo no tuvo nada que ver con ello?

–Eso también –Erin paseó la mirada por el desolado paisaje y después agitó la mano enérgicamente en dirección a un viejo remolque plateado.

–Me parece que está en casa. Me ha parecido ver algo.

–¿Dónde?

–En la caravana.

–Estupendo –dijo Tristan–. Vamos, entra en el coche.

Erin se sentó al volante, alargó el brazo para que él le diera las llaves y, cuando él se las dio a regañadientes, puso en marcha el vehículo y se encaminó hacia la caravana.

–¿Crees que se acordará de ti?

–Estoy casi segura de que sí –respondió Erin asintiendo con la cabeza.

Frank West se acordaba de ella. La sonrisa estampada en su moreno rostro y la ausencia de arma de fuego en las manos lo confirmó. Pero no recordaba a Tristan.

–¿Quién es el fortachón? –quiso saber Frank.

–Frank, te presento a Tristan. Tristan, este es Frank.

Tristan asintió.

Frank miró a Tristan con curiosidad.

–Se le ve tenso –comentó el hombre.

–Ya se relajará –respondió Erin lanzando a Tristan una sonrisa.

–Has venido en el momento oportuno. Tengo un ópalo negro muy bonito –dijo Frank.

–No sabes cuánto lo siento, Frank, pero los ópalos negros no entran en mi limitado presupuesto –había un límite de diez mil dólares respecto al coste de los materiales de cada participante en el concurso–. Lo que busco es un ópalo no pulido.

–Tengo algunos azules muy bonitos –dijo Frank–. ¿De que forma lo quieres?

–Más bien amorfos.

A Frank le brillaron los ojos. Ese tipo de ópalos era más difícil de vender que los ópalos cuadrados u ovales de forma bien definida.

–Entremos en mi despacho –dijo Frank. Y les invitó a sentarse a la mesa dentro de la pequeña caravana, que cumplía la doble función de casa y oficina–. ¿En serio que no quieres echar un ojo a los ópalos negros?

–Sácalos si quieres –dijo ella con una sonrisa–, pero a menos que puedas venderme uno por debajo de los dos mil dólares, lo único que puedo hacer es mirarlos.

Frank suspiró antes de dirigir la atención a una estantería con frascos de cristal repletos de ópalos. Después de examinarlos, agarró tres frascos y los dejó encima de la mesa. A continuación, abrió uno de los frascos y lo vació en el tablero.

–¿Cerveza casera? –le preguntó Frank a Tristan–. Me parece que no te vendrá mal mientras esperas. Te aseguro que vas a tener que esperar un buen rato.

–Sí, tómate una cerveza –dijo Erin al tiempo que se ponía a separar los ópalos–. Esto me va a llevar tiempo.

–La última vez que vino se pasó tres horas aquí.

–¿Tres horas? –repitió Tristan.

–Supongo que eso significa que sí quieres una cerveza –dijo Frank al tiempo que abría el frigorífico en el que había margarina, medio tomate, vasos de cerveza vacíos y un barril de cerveza de veinte litros con grifo incluido.

Frank llenó tres vasos de cerveza y se sentó.

–¿Cuánto crees que le va a llevar hoy? –preguntó Tristan.

–No sé. Lo que sí puedo decirte es que, con los años, me he hecho más astuto. El primer frasco que le he dado es para que vea lo que no quiere comprar.

–Vaya, Frank, gracias –dijo Erin sin molestarse en mirarle–. ¿Y el segundo?

–En el segundo encontrarás alguno bonito.

–¿Y en el tercero? –preguntó Tristan.

–Los mejores ópalos de forma irregular que tengo. Ahí encontrará lo que quiere.

–¿Por qué no le has dado el tercero directamente? –preguntó Tristan.

Frank le miró con condescendencia.

–No conoces muy bien a las mujeres, ¿verdad, hijo?

Tristan suspiró y agarró su vaso de cerveza.

–¿Quieres ver unos ópalos negros? –preguntó Frank a Tristan–. Tengo uno perfecto para un anillo de compromiso para una mujer no convencional.

Tristan se quedó inmóvil.

–Frank, le estás asustando.

–Un hombre tiene que pensar en el futuro de vez en cuando –comentó Frank con una sonrisa desdentada antes de dirigirse a una parte del remolque que era su dormitorio y estaba separada del resto por una cortina azul. Volvió con un rollo de tela de terciopelo rojo y Erin dejó los ópalos que estaba examinado para ver lo que Frank iba a enseñarles.

Frank estaba decidido a mostrar los ópalos negros a una persona que, inútilmente, fingía no estar interesada.

Los ópalos sobre ese terciopelo rojo valían una fortuna, pensó Erin después de que el viejo minero desenrollara la tela y se los mostrara. Valían dinero más que suficiente para que Frank pudiera comprarse una mansión. Cinco mansiones.

–Este es el último –declaró Frank con orgullo mientras les mostraba un ópalo de cerca de unos tres centímetros de circunferencia. Era turquesa sobre negro con vetas amarillas y rojas–. No había visto nada parecido desde hace treinta años, cuando el viejo Fisty sacó de la mina uno así y mira lo que pasó.

Tristan no sabía lo que pasó.

–Desapareció –dijo Frank–. Estaba en un pedestal y, como por arte de magia, desapareció. Yo estaba presente. Por eso es por lo que nunca expongo mis piezas en vitrinas. No me gusta, desaparecen.

–Alguien debió robarlo –observó Tristan.

–La habitación estaba cerrada a cal y canto cuando desapareció, no dejaron salir a nadie y nos registraron a todos lo que estábamos allí. ¡Nada!

–Alguien debió tragarse el ópalo –comentó Tristan.

–Era del tamaño de una pelota de tenis.

–O esconderlo.

–¿En esa sala? –Frank sacudió la cabeza–. Era una sala en un museo contemporáneo, imposible esconder nada.

–¿Qué museo? –preguntó Tristan, y Erin alzó la vista para mirarle con liviana exasperación–. No puedes evitarlo, ¿verdad? ¿No estás de vacaciones?

–Estoy de vacaciones.

–En ese caso, ¿por qué estás haciendo preguntas sobre un legendario ópalo de fuego que desapareció hace… veinte años?

–Más bien treinta –dijo Frank.

–Solo por curiosidad –respondió Tristan.

–Estabas trabajando –insistió Erin.

–¿No estabas viendo ópalos? –preguntó Tristan, a modo de ataque.

–Lo haré –tan pronto como terminara de admirar esos ópalos negros y dejara claras las cosas–. ¿Sabes cuál es tu problema? Has perdido el sentido del equilibrio. Siempre estás trabajando.

–¿En serio? –dijo Tristan fríamente.

–Sí, totalmente en serio –Erin se negó a ceder terreno–. Estás tan ocupado persiguiendo villanos que se te ha olvidado perseguir un sueño.

–Sé perseguir mis sueños perfectamente –declaró él.

–¿Sí? Dime, ¿cuándo fue la última vez que te dejaste llevar por tus impulsos? ¿Cuándo fue la última vez que hiciste algo porque te apetecía?

Los ojos de Tristan brillaron al tiempo que esbozaba una ladeada sonrisa.

–Estoy aquí, ¿no?

Erin encontró los ópalos perfectos para su proyecto en el tercer frasco, tal y como Frank había dicho. Tres. Dos mitades del mismo ópalo cortadas en delgadas columnas azules y verdes, perfectas para unos pendientes; el tercero era una piedra de color y forma similares con la diferencia de que a esta pieza le recorría una fina veta plateada. La tercera piedra le serviría de base para un collar, decidió Erin. Y cuando Frank le dijo el precio, le pareció muy razonable.

–Hay piezas mejores que esas –dijo Frank directamente.

–Lo sé –Erin agarró la piedra y la giró a contraluz para ver el efecto–. Pero el color es extraordinario y tiene algo que me gusta mucho.

Erin pagó al contado por los tres ópalos. Después, se dirigió a la puerta mientras y, desde allí, aún dentro de la caravana, vio a Tristan acercarse a una vieja y oxidada furgoneta que Frank parecía utilizar para almacenar cosas.

Había algo en Tristan que le resultaba irresistible, una mezcla de fuerza y vulnerabilidad que le atraía como un imán.

–Sé que va a ser un desafío, pero esta piedra es la que quiero –le comentó a Frank en tono ausente.

–Mujeres –murmuró Frank.

Erin apartó los ojos de Tristan y, clavándolos en Frank, arqueó las cejas.

–Deja a ese chico tranquilo, ¿de acuerdo? –añadió Frank–. No le va a ayudar mucho que insistas en lo que es obvio. A veces un hombre tiene que solucionar sus problemas por sí mismo y tomándose el tiempo que necesite.

–¿Y si no sabe cómo hacerlo? –dijo ella pensando en la pesadilla de Tristan la noche anterior.

–En ese caso, tienes que ser más hábil.

–Supongo que querrás decir que tengo que ser más sutil.

–Sutil, hábil… da igual.

–Las mujeres sabemos la diferencia entre las dos cosas.

Frank respondió con un bufido y los dos echaron a andar en dirección a Tristan, que seguía examinando la furgoneta.

–Es un Ford del treinta y nueve –dijo Tristan.

–Se lo compré a un minero que se había arruinado por cien dólares –explicó Frank–. ¡Mira que carrocería, qué líneas!

Tristan lo estaba mirando.

–¿Está en venta?

–Depende de para qué querrías la furgoneta –contestó Frank–. No se la vendería a cualquiera.

–Me gustaría restaurarla –respondió Tristan–. Estoy dispuesto a pagar seiscientos dólares por ella.

–Mil doscientos –dijo Frank.

–Está muy oxidada –observó Tristan.

–Solo superficialmente.

¿Oxidada superficialmente? Erin se agachó, arañó una parte oxidada de la carrocería y, conteniendo una carcajada, vio el trozo de metal caer al suelo.

–Quinientos dólares –dijo Tristan.

Erin miró a su compañero de viaje con sorpresa. Tristan vivía en Londres, Inglaterra. ¿Para qué quería ese coche de mil novecientos treinta y nueve?

–¿Funciona? ¿Puede rodar? –preguntó Erin después de que Frank abriera el capó.

El motor del coche era el más grande que Erin había visto en su vida.

–Hace quince años marchaba de maravilla.

–Sí, ¿pero marcha ahora?

–Cuatrocientos –dijo Tristan mientras examinaba el motor–. ¿Conoces a alguien que pudiera llevarme la furgoneta a Sídney?

–Eso te costará dos cientos dólares más –respondió Frank–. Seiscientos cincuenta todo.

–Trato hecho –Tristan y Frank se dieron la mano. Tristan era el orgulloso propietario de una oxidada reliquia.

–¿Qué vas a hacer con la furgoneta después de arreglarla? –le preguntó Erin a Tristan–. ¿Vas a hacer que te la lleven a Londres? –eso le costaría una fortuna.

Tristan se encogió de hombros.

–No lo he pensado.

–¡Eso sería completamente ridículo!

–No, sería un sueño –replicó Tristan con la sombra de una sonrisa.

Fueron a tres minas más, dos de ellas por recomendación de Frank, y Tristan aguantó con estoico silencio. No le metió prisa ni la distrajo ni trató de influenciarle. Estaba claro que los policías eran pacientes, pensó ella. Rory no habría llegado al mediodía.

Pasaban de las cinco de la tarde cuando volvieron al motel y no había comprado más ópalos. Pero daba igual, tenía los tres que le había comprado a Frank y las piezas de joyería que iba a hacer con ellos iban a ser extraordinarias. No iba a comprar más ópalos, acababa de decidirlo.

–No vamos a quedarnos una tercera noche, nos iremos mañana por la mañana –le dijo a Delia al pasar por recepción de camino a sus habitaciones.

–Tendréis que dejar la habitación a las once –dijo Delia mirándoles–. Se os ve muy cansados. No os vendría mal un baño en la piscina climatizada.

Delia les ofreció un disco dorado y añadió:

–Dos noches os permite una entrada a las piscinas.

–No he traído bañador –dijo Erin mirando a Tristan–. ¿Y tú?

–Tampoco.

A Delia le brillaron los ojos.

–También están las piscinas naturales, están bastante cerca. No decimos nada de ellas a los turistas. Ahí os podéis bañar desnudos.

¿Desnudos? ¿Bañarse desnuda con Tristan Bennett en una piscina? No, no era buena idea. Pero Delia insistió.

–Aquí están –dijo Delia indicándoles un punto marcado con una equis en el mapa–. Es un lugar muy pintoresco; sobre todo, al atardecer. Es casi seguro que no habrá nadie más.

–No –dijo Erin sacudiendo la cabeza.

Había conseguido contener la tensión sexual durante todo el día. Esa noche tenía pensado ir a cenar a un restaurante con mucha gente y mucho ruido, no ir a una piscina al atardecer.

–No me vendría mal un baño –declaró Tristan con una sonrisa desafiante.

La sonrisa hizo que Delia comenzara a abanicarse con un folleto turístico.

–Relajaos –dijo Delia–. Id a daros un baño y no os olvidéis de respirar.

La piscina natural no parecía gran cosa desde la distancia. Alguien se había tomado la molestia de colocar unas piedras lisas alrededor, el resto era naturaleza en estado salvaje: unos cuantos arbustos, kilómetros y kilómetros de tierra grisácea y un sol que parecía una bola de fuego a punto de ocultarse por el horizonte.

–No sé por qué la gente de aquí no quiere que nadie sepa dónde está esta piscina –murmuró Erin al salir del coche.

–Tiene cierto encanto –comentó Tristan, paseando la mirada por aquel entorno después de salir del vehículo–. El agua está muy bien.

–Sí –una pena la capa de tierra arcillosa de color gris que lo cubría todo, incluida la superficie del agua.

Desde luego, no era un oasis en medio de un desierto. Aunque podía cerrar los ojos e imaginar un oasis con palmeras y arena blanca. Sí, mucho mejor. Al abrir los ojos, vio a Tristan sin camisa y a punto de quitarse los pantalones. No, no podía ser.

–No vamos a bañarnos desnudos, ¿verdad? –preguntó Erin con lo que estaba segura era una expresión de horror y lujuria simultáneamente.

–A mí me da igual –respondió él.

No, de ninguna manera.

–Nos bañaremos con la ropa interior puesta –declaró ella con firmeza.

Tristan se encogió de hombros, se quitó los pantalones y, en calzoncillos, se tiró al agua y se dirigió a la orilla opuesta tipo explorador. ¡Hombres! ¿Acaso no sabían estarse quietos y relajarse en el agua?

Con un suspiro, Erin se quitó la ropa hasta quedarse en bragas, de algodón, y sujetador, y se adentró en la piscina natural. La temperatura era buena, y si ignoraba el lodo del fondo y lo turbia que estaba el agua, era agradable. Nadó a braza hasta el centro de la piscina, de fondo profundo, se dio media vuelta y se quedó flotando en la superficie.

–Estoy haciéndome la ilusión de que esto es un oasis –murmuró cuando Tristan apareció a su lado.

–Estás en un oasis en el desierto –comentó él–. Este sitio es estupendo.

–No me comprendes.

Tristan la miró con una sonrisa que ella intentó ignorar.

–¿Estás sola en ese desierto imaginario? –preguntó él.

–No, hay un camarero. Se parece mucho a ti.

–Dile que mate al mosquito que tienes al lado de la oreja. Es del tamaño de un autobús.

–Se lo diré –contestó Erin apartándose el mosquito de un manotazo–. Ahora está ocupado atendiendo a los caballos.

–¿Caballos? ¿Qué tipo de caballos?

–Un fiero semental negro y una bonita yegua blanca. El negro es el mío.

–Deberías pensarlo mejor –dijo Tristan–. Ese semental es demasiado caballo para ti. Es más apropiado para un hombre.

–Sé manejarle.

–No digas que no te lo he advertido –Tristan suspiró, se sumergió en el agua y reapareció unos segundos después–. Supongo que tu camarero no tiene una cerveza a mano, ¿verdad?

–Buena idea. Le diré que traiga dos –Erin se dio la vuelta y nadó hacia la orilla–. Eh, mira, hay una plataforma aquí, no cubre.

–Estupendo –Tristan se acercó a ella.

Erin se echó a un lado para dejarle sitio, todo el sitio posible. Por suerte para ella, era una plataforma bastante grande. Cerró los ojos e hizo un esfuerzo por ignorar la extraordinaria musculatura de Tristan.

–Erin… –el murmullo le pareció una caricia.

–¿Qué?

–Abre los ojos y date la vuelta despacio.

Erin abrió los ojos y le miró.

–¿Qué pasa? ¿Has visto una serpiente por aquí?

–No.

–¿Un emú?

–Date la vuelta. Te estás perdiendo la puesta de sol.

Ah, la puesta de sol en la aislada piscina natural. Con Tristan. Con la indiferencia de la que fue capaz, Erin se volvió.

El cielo estaba encendido. Naranjas, rojos y azules. No era la típica puesta de sol de una isla tropical, pensó sobrecogida. Este era un cielo fuerte y glorioso sobre una tierra árida y desolada. Era un paisaje primitivo y sobrecogedor que parecía desafiarle a vivir la vida y disfrutar el momento con ese hombre al que no podía mirar sin desear y sobre el que no cesaba de preguntarse qué podía hacer para erradicar las sombras que veía en sus ojos.

Se sumergió en busca de respuestas y, sin embargo, salió a la superficie con un puñado de lodo.

–Tristan…

Él la miró en solemne silencio. Y entonces…

¡Zas!

El lodo le dio en el hombro. Al instante, Erin corrió hacia el borde de la piscina a por más artillería, y rio al ver la expresión de perplejidad de Tristan.

–La gente paga mucho dinero para que la cubran con esto. En serio, se supone que es muy sano.

–¡Vaya! ¿Por qué no me lo has dicho antes?

¡Zas!

Tristan tenía una puntería excelente y unas manos muy grandes. Y ella, al momento, entre risas, se vio cubierta de barro. Giró hacia un lado y se agachó para evitar que el barro volviera a golpearla, pero le dio en el hombro. Aunque en inferioridad de condiciones, no se dio por vencida y se sumergió. Pero Tristan la agarró por el tobillo y, de repente, se encontró pecho con pecho con él.

Tristan estaba de espaldas al sol, lo que le hacía parecer más moreno, y las sombras habían desaparecido de sus ojos.

–¡Eh, funciona! Estás casi sonriendo –estuvo a punto de lanzar un gemido de placer al pasarle las manos por los hombros–. No estaría mal que nos lleváramos un poco de este barro para el resto del viaje.

–¿Podemos llevarnos también este oasis? Porque, si quieres que te diga la verdad, no creo que el barro sirva de nada sin el paisaje.

Los ojos se le habían oscurecido al hablar. Ya no sonreía, su expresión había cobrado gran intensidad. Una llama se había encendido, una llama que acarició a ambos y a ella la hizo estremecer.

«Sé valiente», se dijo a sí misma cuando Tristan le rozó una mejilla y deslizó la mano hacia su garganta mientras la atraía hacia sí.

Se besaron suavemente, y sintió el fuego del cielo dentro de su ser, quemándola, derritiéndola.

Había buscado el lado salvaje de él y lo había encontrado: lo saboreó con la lengua y lo sintió en sus caricias. Con los cuerpos pegados, solo les separaba la ropa interior, e incluso eso era demasiado. El sujetador desapareció y Tristan le cubrió los pechos con anhelo mientras le besaba la cabeza, la garganta y los labios una vez más.

–¿No habías dicho que no querías que esto ocurriera? –murmuró él.

–Eso fue ayer.

Tristan le puso las manos en las caderas, acoplándola contra su miembro, justo donde ella quería estar, justo lo que necesitaba. Pero pronto quiso más y lo buscó. Lo encontró en la suavidad de la piel de Tristan, en la dureza de ese musculoso cuerpo. Enterró las manos en los cabellos de él y se ofreció por entero, le ofreció todo lo que podía darle.

Tristan lanzó un profundo gruñido y tembló. Y cuando la rodeó la cintura con un brazos no lo hizo con ternura, sino con fuerza, al tiempo que con la otra mano le cubría un pecho.

Erin quería más, quería sentir en la piel la boca de él. Dejó de besarle y tiró de él para que bajara la cabeza.

Tristan no conseguía saciarse de ella, de sus curvas femeninas. Le volvía loco el sabor de Erin, su piel… Y a ella le ocurría lo mismo, se lo decían esos temblores de Erin y sus gemidos mientras le devoraba el pecho.

Quería parar. Quería desesperadamente que Erin hiciera algo o dijera algo que le hiciera detenerse antes de ahogarse dentro de ella, antes de que ambos se ahogaran, pero la pasión desencadenada no conocía la misericordia.

La quería desnuda por completo, pero no sabía cómo quitarle la última prenda que le quedaba sin separarse de ella, y eso era imposible.

—Haz que pare —susurró él—. Por favor, Erin, dime que pare.

—No —respondió Erin al tiempo que subía las piernas para rodearle la cintura con ellas.

El beso que siguió fue fiero, brutal. Lo único que existía en ese momento era ese hombre y su propio deseo, un deseo violento, desesperado. Pero Tristan era demasiado fuerte, estaba demasiado dañado.

Demasiado.

Erin vaciló un instante en el que se preguntó qué había hecho, qué estaba haciendo. Y Tristan debió sentirlo, porque sus manos, que la habían sujetado con fuerza, la soltaron. Tristan interrumpió el beso, se apartó de ella y la miró con ira, frustración y un brillo de dolor que casi la destruyó. Después, Tristan lanzó una maldición y se dio la vuelta.

No era así como una mujer quería ver al hombre que le había proporcionado la experiencia sexual más intensa de su vida.

–Perdona –dijo él. No era eso lo que Erin quería oír–. He sido muy brusco. He perdido el control. Mi comportamiento no tiene excusa.

–No me ha molestado –dijo Erin, desesperada por derribar barreras con la rapidez que él las levantaba–. Me ha gustado. Me ha gustado que perdieras el control.

Tristan le lanzó una mirada fugaz.

–A mí no. No te he hecho daño, ¿verdad?

–No. Tristan… –¿qué podía decirle a un hombre empeñado en mantener las distancias con ella, tanto emocional como físicamente?–. Estoy bien, no te preocupes por mí –no quería que se sintiera culpable, no había motivo–. ¿Qué es lo que haces normalmente con una mujer después de hacer que caiga rendida a tus pies?

–No suelo hacerlo en piscinas naturales.

–Imagínatelo.

–Puede que me seque –respondió él con la sombra de una sonrisa–. Puede que le ofrezca una toalla para que ella se seque también.

–No está mal, para empezar.

–Y luego puede que vaya a por esa cerveza que quería. O vino. Lo que le apetezca.

–Me gusta.

Tristan sonrió de verdad y ella contuvo un suspiro de alivio. No quería que Tristan se disculpara por lo que habían hecho. No quería que se sintiera culpable de que ambos hubieran perdido el control.

–En serio, Tristan, un par de besos no tienen tanta importancia –dijo Erin, consciente de que era una mentira descarada.

–¿No quieres saber a qué nos va a conducir esto?

–No –respondió Erin, aunque sabía que le iba a conducir a que Tristan le destrozara el corazón.

Pero cada cosa a su tiempo.

Capítulo Seis

Tristan compró cerveza y comida china preparada de camino al motel, y Erin no insistió en pagar
ni protestó. Tampoco había protestado cuando él se
puso al volante. Había adivinado, correctamente, que
necesitaba hacer algo que requiriese cierto control.

Cenaron en el motel, en la pequeña cocina de sus
habitaciones, y, con un esfuerzo, logró que la conversación fluyera casi con normalidad y fluidez.

Pero ciertos pequeños detalles le tenían confuso:
el deleite de Erin al probar el cordero picante, a pesar
de que los ojos se le habían llenado de lágrimas; lo
contenta que se puso al beber cerveza fría de la botella; la forma como se movía y como sonreía. Erin era
una mujer que apreciaba el placer de los sentidos, se
había dado cuenta desde el principio, desde el momento en que la besó delante de la casa de su madre
y momento en el que se juró a sí mismo mantener las
distancias con ella.

–Bueno, ¿y de aquí adónde vamos a ir? –preguntó
Tristan después de cenar y recoger la cocina–. ¿A
Inverell a por zafiros?

–Sí, por la mañana –Erin le clavó los ojos–. Pero

no tienes que acompañarme si no quieres. Si lo prefieres, puedes volver a Sídney mañana –Erin sonrió traviesamente–. Podrías volver a Sídney en esa tartana que te has comprado. Parecerías James Dean.

–James Dean tenía un Porsche Spyder color plateado de mil novecientos cincuenta y cinco. No creo que James Dean y su coche se parecieran en absoluto a mí con el Ford de Frank por la carretera.

–Para verlo, deberías ser mujer –comentó ella irónicamente–. Los hombres os tomáis todo al pie de la letra. Lo que quería decir es que, de querer volver a Sídney, puedes hacerlo de muchas maneras desde aquí.

Erin le estaba ofreciendo una salida, cosa que él no iba a aceptar. Como tampoco iba a permitir que Erin notara lo mucho que le afectaba.

–Tienes que comprar zafiros para las piezas de joyería que vas a presentar en el concurso, ¿no?

–Sí, pero si no te apetece…

–Dejémoslo estar –dijo Tristan en tono seco–. Ni lo menciones.

Erin asintió y apartó los ojos de él.

–Con dos días más tendremos bastante.

Y dos noches. No sabía qué iba a hacer en todo ese tiempo, de la noche a la mañana.

–Me parece que, ahora que tengo los ópalos, voy a ponerme a trabajar un rato en el diseño –dijo Erin al dejar el trapo de la cocina para secar.

–Y yo creo que me voy a dar una vuelta por el pueblo –Erin se había ido a dar un paseo la noche anterior, ahora le tocaba a él–. Puede que tarde en volver.

Tristan había recorrido la mitad del camino hasta el pueblo cuando se le metió en la cabeza llamar a su hermano, que estaba en Singapur.

–¿Tienes problemas? –le preguntó Jake en el momento en que se saludaron.

–Bueno, he conocido a una mujer.

Se hizo un silencio.

–¿Es una asesina?

–No.

–¿Una psicópata?

–No.

–¿Está casada y la has dejado embarazada?

–No.

–En ese caso, no lo entiendo. Vas a tener que explicármelo. ¿Te has acostado ya con ella?

–No.

Otro silencio. Por fin, Jake suspiró sonoramente.

–Tris, por favor, no me digas que me has llamado para pedirme consejo. Llama a Pete, que es el que se enamora casi a diario.

Pero nunca de verdad.

–No puedo quitármela de la cabeza.

–Eso es terrible –dijo Jake–. Tienes que olvidarte de ella inmediatamente. Date un golpe en la cabeza.

La solución de un especialista en artes marciales.

–Por aquí hay un poste de telégrafo.

–Perfecto. Ya verás como después te sientes mucho mejor. Llámame desde el hospital.

–Tú… ¿conseguiste olvidarte de Jianna? –nunca hablaban del fallido matrimonio de Jake.

–¿Quieres que te dé un consejo? Aléjate de ella.

–No has contestado a mi pregunta.

–No te conviene que te conteste.

Su hermano no le iba a responder. Había ido demasiado lejos. Pero Jake le sorprendió al decir:

–¿Quieres saber si todavía sufro, si todavía pienso en ella durante el día y sueño con ella por las noches? La respuesta es no. Es decir, hay días en los que no me acuerdo de ella en absoluto.

Tristan volvió a soñar con los astilleros de Praga y con la decisión que tanto había tardado en tomar.

Se despertó bañado en sudor, con las sábanas revueltas, el corazón latiéndole con fuerza y bilis en la boca. Apartó la sábana a un lado, encendió la lámpara de la mesilla de noche y, respirando trabajosamente, se sentó en la cama. ¿Cuándo iban a dejar de acosarle los recuerdos? ¿Cómo se iba a deshacer de ellos?

Le habían dicho que no era culpa suya, que había seguido los procedimientos habituales al pie de la letra. Y no había sabido qué había en el contenedor. Sin embargo, la pesadilla se repetía.

Pensó que darse una ducha le vendría bien; pero, al instante siguiente, se preguntó si no despertaría a Erin. No. El cuarto de baño estaba al lado de su habitación, no de la de Erin. No haría ruido. El agua le quitaría el sudor, le limpiaría los recuerdos y, una vez que se sintiera limpio, pensaría en qué hacer el resto de la noche.

Salió de la ducha, se puso unos pantalones de chándal y, mientras bajaba las escaleras, se sintió casi normal. Se dirigió directamente a la cocina para comer algo y tardó demasiado en darse cuenta de que la luz estaba encendida. Había sido el último en acostarse y había apagado las luces, estaba casi seguro.

Sí, lo había hecho. Otra persona había vuelto a encender esa luz.

—Buenos días —dijo Erin apartando los ojos del diseño en el que estaba trabajando para mirar a Tristan.

Se le notaba cansado, pensó Erin. Parecía vencido. Sus demonios le estaban golpeando.

—¿Qué haces aquí? —preguntó él con brusquedad. No era el más cariñoso de los saludos.

—He estado trabajando en el diseño —respondió ella a modo de explicación, lo que era verdad hasta cierto punto. Había estado trabajando, pero había estado esperando a Tristan.

Tristan miró los dibujos y luego a ella.

—¿A las cuatro de la madrugada?

Erin se encogió de hombros.

—¿Por qué no? Estaba despierta.

—Siento haberte despertado —dijo Tristan con cierto embarazo.

Y a ella le dio pena verle así y maldijo la retrospección de Tristan.

—En la tetera eléctrica hay agua caliente —dijo

Erin señalando la taza de té que tenía delante–. Los restos de la cena están en el horno.

–¿Tú también quieres alimentarme?

–No, en absoluto.

–¿Estás segura? No es esa la impresión que me das.

–Yo preparé la cena anoche, así que no cuenta.

Tristan tenía el cabello revuelto e iba desnudo de cintura para arriba. Erin trató de ignorar los latidos de su corazón y el cosquilleo en el vientre. No, no iba a seducirle. Solo quería ayudarle.

–¿Es así todas las noches?

–¿Qué? ¿Que si me doy una ducha todas las noches?

–Me refiero a las pesadillas.

El silencio de Tristan fue sumamente significativo.

–¿Quieres hablar de ello?

–No.

–Contarle a alguien tus problemas es liberador.

–Sí, eso he oído decir. Sin embargo, yo creo que mis problemas son míos y de nadie más.

Erin sonrió tristemente.

–Bueno, quizá ese sea el problema –había supuesto que Tristan rechazaría su oferta de apoyo. Su padre y Rory eran iguales, nunca hablaban de sus problemas. Y no porque fueran hombres, sino por ser guerreros.

–Un tipo duro –añadió ella.

–No, en absoluto.

Y tan vulnerable, pensó Erin con un nudo en la garganta.

–¿No tienes forma de deshacerte de esas pesadillas?

Tristan agarró un vaso, lo llenó de agua y bebió.

–Estoy pensando en la posibilidad de dejar mi trabajo y dedicarme a otra cosa –respondió él a pesar suyo.

Erin parpadeó y se recostó en el respaldo de su asiento. No era eso lo que había esperado oír. Y, a pesar de que la idea le complacía enormemente, no creía que eso ayudara a Tristan.

–¿Crees que eso serviría de algo?

Tristan se encogió de hombros.

–No lo sé. Es posible.

–¿A qué otra cosa te dedicarías?

–No lo sé.

–¿Y si siguieras trabajando para la Interpol pero haciendo algo distinto?

–¿Trabajo de oficina? –murmuró él con desdén.

–Uno no puede estar siempre arriesgando la vida indefinidamente –dijo ella con cautela–. ¿Cuánto tiempo llevas haciendo eso?

Silencio.

Demasiado tiempo, dedujo Erin mientras se levantaba y se acercaba al horno.

–Ya está caliente –declaró Erin al tiempo que sacaba la comida del horno.

–¿Estás segura de que no me estás alimentando?

–Yo que tú no me preocuparía por eso.

–¿Te parece que sirva yo? –preguntó Tristan.

Erin se lo permitió.

Los restos de la cena estaban muy buenos. La comida les mantuvo ocupados.

–¿Vas a volver a acostarte? –preguntó Erin entre bocado y bocado de arroz no demasiado caliente.

–No.

–Y ya no quieres hablar más del trabajo, ¿verdad?

–Verdad.

Erin pensó en la situación en general. Comer lo que tenían en los platos les llevaría diez minutos. Después quedaban Tristan, tres camas vacías y ella.

–El problema es que siento la absoluta necesidad de ayudarte a conseguir que te deshagas de tus problemas –confesó Erin–. Se me ocurren dos cosas para lograrlo.

–Te escucho –dijo Tristan.

–Podríamos recoger nuestras cosas y marcharnos de aquí. Continuar el viaje. A los hombres les gusta huir de los problemas.

Tristan ignoró el último comentario. Había empezado a pensar en otra cosa, en el sexo.

–¿Y lo segundo?

–¿Te gusta escalar?

Capítulo Siete

–Menos mal que no hemos ido a escalar –dijo Erin dos horas más tarde en el coche camino a Inverell.

Sentada a su lado, parecía muy despierta y parlanchina, cosa que no le molestaba siempre que no fuera él quien tuviera que hablar.

–Tenía pensado que fuéramos a Cornerstone Rib porque, al margen de si se tiene experiencia o no en escalar, es un lugar fantástico –continuó ella–. Pero está a dos horas andando del aparcamiento más próximo y la pared tiene doscientos metros de altura. Y luego está el descenso, que con la lluvia se hace muy resbaladizo. Y mira cómo llueve.

Cierto. El limpiaparabrisas apenas lograba despejar la cortina de agua que caía sobre el coche. El tiempo había cambiado por completo.

–¿A qué otras cosas dedicas tu tiempo libre? –preguntó Tristan.

–¿Además de a escalar y a recorrer miles de kilómetros en busca de piedras preciosas o semipreciosas? –Erin reflexionó unos momentos–. Me gusta el cine. Y a Rory se le ha ocurrido que podríamos correr un rally, eso estaría bien. Pensándolo bien, lo del rally no estaría mal para ti. Te gustan los coches.

Tristan ya lo había pensado. En el pasado, había pasado varios años sin pensar en otra cosa, pero su vida había acabado tomando un rumbo muy diferente.

–¿Quieres decir a nivel profesional?

–No, como deporte. El deporte sirve para aliviar el estrés que el trabajo produce.

–¿Crees que ser piloto de coches de carreras es fácil?

–Sí –Erin le dedicó una maliciosa sonrisa–. Uno se mete en el coche, conduce muy rápido y gana la carrera. ¿Qué tiene eso de difícil?

–Creo que es más difícil que todo eso –comentó él irónico.

–Pues mucho mejor –declaró ella alegremente–. Ahora en serio, tienes que encontrar alguna actividad que te relaje. Podríamos probar lo de las carreras de coches al volver a Sídney. ¿Qué te parece?

–Vamos a ver si lo entiendo… Estás en contra de las fuerzas armadas, y de la policía, porque te parecen actividades peligrosas, pero… ¿estás a favor del alpinismo y de las carreras de coches? No lo comprendo.

–No estoy en contra de que alguien se gane la vida haciendo un trabajo peligroso –declaró ella en tono altanero–. De lo que estoy en contra es de los secretos, la tiranía de la distancia y de poner el deber por el país y la humanidad por delante de la familia.

–¿No te parecen importantes el deber hacia la humanidad y el país?

–Yo no he dicho eso. Sé que alguien tiene que hacerlo. Lo comprendo.

–Siempre que ese alguien no sea un miembro de tu familia, ¿eh?

–Exactamente. Y no me mires así, yo ya he cumplido mi cupo con creces.

Sí, durante toda su vida, pensó Tristan. Sabía por experiencia lo que la ausencia de un padre podía cambiar la vida de un hijo, y sabía lo que Erin debía haber sufrido.

–No te estoy mirando de ninguna manera –dijo él con voz suave.

–¡Y tampoco te compadezcas de mí!

No, eso sería un error. Pero ahora creía comprenderla mejor.

–Dime, ¿qué clase de hombre es el que quieres para ti?

–Uno que me quiera y que no tenga miedo de admitirlo.

¡Vaya!

–¿Y qué más?

–Uno que quiera una relación para toda la vida –continuó Erin–. Y quiero alegría y risas, aunque a veces se mezclen con las lágrimas. Y toda la vida así.

–¿Y si no es como tú quieres?

–En ese caso, los dos cederíamos un poco y haríamos que funcionara.

–¿Y el dinero?

89

–El dinero está bien, pero no es lo fundamental. No quiero un adicto al trabajo y, además, yo puedo contribuir también económicamente.

–¿Podrías vivir con un militar?

–No. Su amor al trabajo es admirable, pero el alto precio que sus familias pagan no es aceptable para mí. Me niego a que se me mantenga al margen. Me niego.

–¿Aunque sea por tu propio bien?

–¿Te parezco débil? ¿Te parece que necesito que me protejan?

Tristan le lanzó una mirada de soslayo.

–Sí.

–¿Qué? –Erin le lanzó una mirada asesina–. Es una cuestión de tamaño, de corpulencia, ¿verdad?

–No –era mucho más complicado–. Es una cuestión de instinto. Los hombres protegen lo que aman.

–¡Y las mujeres cuidan lo que aman!

–Creo que es una cuestión de toma y daca –comentó él irónicamente.

Erin lanzó un bufido.

–También se podría hablar mucho sobre las aventuras amorosas apasionadas y de corta vida tan corrientes en los tiempos que corren.

–¡Vaya, esto se está poniendo interesante!

Llegaron a Inverell a primera hora de la tarde. Las calles eran anchas y los edificios más antiguos eran de estilo colonial, el resto presentaba una mezcla de distintos estilos arquitectónicos modernos y el centro ofrecía todo tipo de servicios públicos. Inverell vivía de las minas de zafiros y de la agricultura.

Les llevó algo de tiempo elegir un motel. Por fin, Tristan se detuvo delante del que más les gustó.

–Necesitamos un par de habitaciones para esta noche –le dijo Erin a la joven recepcionista.

–¿Que se comuniquen?

–Pues… –Erin lanzó una mirada a Tristan.

–Separadas –respondió él.

No podría soportar otra noche tan cerca de Erin sin poseerla. Sabía que no podría. En cuanto a lo que ella había dicho sobre las relaciones a corto plazo, también sabía que eso jamás le satisfacerla. Cuando Erin Sinclair daba, lo daba todo. Erin se merecía a un hombre que le diera tanto como ella a él.

–Las habitaciones dieciocho y diecinueve están libres –dijo la chica–, y no va a ser necesario que se mojen para traer el equipaje.

La recepcionista agarró las llaves mientras Erin rellenaba el formulario.

Tristan agarró un folleto turístico sobre las minas de zafiros para entretenerse. Seguía sin gustarle que Erin pagara el hotel.

–¿Le interesan los zafiros? –preguntó la chica al tiempo que le daba una llave y dejaba la otra encima del mostrador, al lado de Erin–. Nuestras minas son famosas. Mire aquí –la chica agarró otro folleto y se lo dio–. Esta está abierta hoy y están de rebajas.

–¿Por qué de rebajas? –preguntó Tristan.

–Ni idea –respondió la recepcionista–. Solo sé que están vendiendo a precios más bajo de lo normal.

–¿Cómo son los precios aquí en general? –preguntó Erin.

–Deben ser buenos, porque la gente de aquí no se va a ningún otro sitio a comprar –respondió la chica con una sonrisa–. El zafiro de mi anillo de compromiso es de esa mina de la que les estaba hablando.

La recepcionista les mostró el anillo.

–Es muy bonito –comentó Erin examinándolo mientras él daba un paso atrás–. Felicidades.

A la chica se le iluminó el rostro.

–No queríamos gastarnos mucho porque estamos ahorrando para comprarnos una casa, pero yo quería un anillo que dentro de cincuenta años me gustara tanto como el hombre que me lo ha regalado.

–Eso sí que es un buen plan –comentó Erin sonriendo.

–Las habitaciones… –dijo él.

–A la derecha, a mitad del pasillo –respondió la joven–. Tendrán que salir antes de las once para que no se les cobre un día más. Entretanto, si necesitan algo, aquí me tienen.

–Gracias –la joven era un encanto, a pesar de ser demasiado joven para casarse. Por eso, añadió–: Bonito anillo.

La habitación le pareció funcional e impersonal. Tristan había estado en cientos de habitaciones como aquella a lo largo de los años. Una cama era una cama. Una habitación era una habitación. Nunca antes le había molestado, pero ahora sí. No había calor en ella. Faltaba… Erin.

Jake le diría que huyera, pero Pete le preguntaría que a qué esperaba. Luke le haría preguntas a las que no querría responder; por eso, ni se le ocurriría llamar a Luke. En cuanto a Hallie; no, de ninguna manera llamaría a Hallie. Estaba locamente enamorada de su marido y más feliz que nunca, estaría encantada de que él, por fin, hubiera encontrado a una mujer.

Erin llamó a la puerta de Tristan en el momento en que acabó de deshacer el equipaje. Eran solo las tres y media de la tarde y quería ir a algunas minas de zafiros antes de que cerraran. Estaba deseando acabar las compras y volver a Sídney. Había creído poder mantener la distancia con Tristan; pero cuanto más intimaba con él más difícil le resultaba.

—Voy a ir a esa mina que está vendiendo con descuento —dijo Erin cuando Tristan le abrió la puerta—. Pero tú no tienes que venir si no te apetece.

Apenas habían dormido la noche anterior, y Tristan había conducido casi todo el trayecto y con una lluvia terrible. Se le veía agotado.

—Te acompaño —dijo él.

—En serio, no es necesario, solo voy a echar un vistazo. No tienes por qué tomarte tan en serio lo de guardaespaldas.

—He dicho que te acompaño.

***

Veinte minutos después se adentraron en el aparcamiento de Zafiros Wallace, una empresa minera de tamaño medio con tienda propia. El descuento era del treinta por ciento del precio habitual. Todo tenía ese descuento.

La mujer que les vio entrar desde detrás del mostrador poseía un encanto de tiempos pasados equiparable a la ropa *vintage* que lucía. Con aguda mirada y sonrisa amistosa, les saludó y les invitó a mirar, al tiempo que les invitó a preguntarle lo que quisieran si así lo deseaban.

—Quizá pueda ayudarme ahora mismo —le dijo Erin esquivando una pecera en mitad de la tienda para acercarse al mostrador. Entonces, sacó la bolsa con los ópalos y los dejó en el mostrador—. Estoy buscando unos zafiros del mismo azul que las vetas de estos ópalos. Y necesito unos cuantos.

—A ver… —la mujer agarró una lupa, la acercó a los ópalos y los examinó—. Son preciosos. ¡Y qué azul tan vivo! —la mujer lanzó un suspiro—. La mayoría de nuestros zafiros son más oscuros. Solo los zafiros de Ceilán tienen este color.

—Sí, lo sé —pero eran demasiado caros; sobre todo, para comprar la cantidad que necesitaba—. En fin, quería ver si tenía suerte.

—En una ocasión encontramos zafiro de este color en la mina, en una veta que mi difunto marido descubrió hace más de veinte años —comentó la mujer—. Eran buenas piedras, pero muy difíciles de cortar. Dejamos casi todas ellas en bruto.

–No me importa comprar piedras en bruto –Erin quería ver zafiros en bruto de ese glorioso color, aunque fueran difíciles de cortar–. ¿Le quedan algunos?

–Me parece que sí –respondió la mujer–, aunque no tengo ni idea de dónde están. Siéntense mientras voy a ver.

La mujer les indicó dos taburetes delante del mostrador y añadió:

–Lo más seguro es que me lleve un rato. La memoria ya empieza a fallarme. No se pueden imaginar la cantidad de cosas que he perdido desde que Edward murió: zafiros, tijeras… incluso la comida de los peces. Si no fuera por Roger, estoy segura que los peces habrían muerto.

–¿Quién es Roger? –preguntó Tristan.

–Un chico que estuvo aquí durante un tiempo para ganar experiencia de trabajo –respondió la mujer rebuscando entre los cajones mientras hablaba–. Nos ayudaba durante sus vacaciones de verano. Después de la muerte de Edward, viene una vez por semana para atender a los peces. De hecho, le estoy esperando, está a punto de llegar. Esos peces están muertos de hambre. ¡Ah, aquí están las piedras! ¿Les he dicho que son muy difíciles de cortar?

–Sí –respondió Erin mientras la mujer vaciaba los sobres con las piedras sobre el mostrador–. Pero tengo la impresión de que me van a gustar.

–¿Crees que podrás cortarlos? –le preguntó Tristan.

–Digamos que me siento optimista.

Los zafiros en bruto no tenían nada que ver con los zafiros pulidos. Había que ser un experto para adivinar el color que la piedra adquiriría al ser cortada y más experto aún para cortarla. Además, iba a perder el setenta y cinco por ciento del peso original durante el proceso de cortar, pero aquellas piedras eran muy grandes. Podía sacar más de medio quilate de cada una de ellas y era justo lo que quería, siempre y cuando le fuera posible cortarlas.

La campanilla de la puerta sonó y por ella apareció un joven con la ropa sin planchar y una vieja gorra de visera. Llevaba unos cubos, utensilios de acuario y una bolsa con piedrecillas multicolores bajo un brazo.

Roger, pensó Erin.

–Buenas tardes, señora Wal –dijo el chico alegremente al tiempo que asentía con la cabeza a modo de saludo. Después, se dirigió directamente al acuario–. Buenas tardes, Lucinda.

–¿Quién es Lucinda? –preguntó Tristan.

–Lucinda es un pez ángel –respondió Roger tamborileando los dedos en el tanque–. Esta de aquí. Hola, guapísima.

–Era el orgullo de Edward –dijo la señora Wallace.

–Edward es el difunto marido de la señora Wal –le susurró Erin a Tristan antes de que preguntara.

–Eso ya lo sabía –dijo él.

–He traído un poco más de comida –anunció Roger al tiempo que dejaba una lata encima del tanque.

–Cuánto te lo agradezco, hijo. Dime, ¿cuánto te debo?

–Nada, señora Wal. Me ha salido barato.

–Me gustaría que me dejaras que te pagara –dijo la mujer, y Erin, de acuerdo con ella, asintió. A Roger no parecía sobrarle el dinero–. ¿Cómo está la niña?

–Mucho mejor, ya le ha bajado la fiebre. Estará bien en un par de días. La semana que viene la traeré para que la vea, si quiere –dijo Roger mientras echaba comida en el tanque.

A la señora Wallace se le agrandaron los ojos.

–Es un bebé precioso –les dijo la mujer–. Y es un ángel, ni llora ni protesta ni nada.

–Antes ha mencionado que pierde cosas; entre otras, zafiros –dijo Tristan mientras Erin se ponía a examinar los zafiros en bruto con la lupa, aunque atenta a la conversación.

–Sí, últimamente sobre todo –respondió la señora Wal–. Por ejemplo, un día estoy enseñando unos zafiros a unos clientes y al día siguiente no puedo encontrarlos. Tengo esta tienda desde hace treinta años, es de suponer que sé dónde tengo las cosas, ¿no?

–Quizá no las extravíe usted –comentó Tristan–, quizá se las esté robando alguien. Se da mucho el robo a pequeña escala pero continuo.

Erin lanzó una penetrante mirada a Tristan. Tristan miraba a la señora Wal. La señora Wal miraba a Roger, que estaba limpiando la pecera, con ojos tristes.

–Suele ser uno de los empleados –añadió Tristan en tono suave.

–Es posible –dijo la mujer al tiempo que apartaba la vista de la pecera con una triste sonrisa–. Pero prefiero pensar que pierdo las cosas.

Erin hizo una compra excelente.

–Le deseo toda la suerte del mundo –dijo la mujer mientras metía las piedras en bolsas–. ¿Es ese uno de sus diseños? –preguntó la señora Wal señalando el colgante de la cadena que Erin tenía alrededor del cuello.

Erin asintió.

–Ganará.

Sí, Erin podía imaginarlo.

–Crees que Roger está robando a la señora Wal, ¿verdad? –comentó Erin mientras cruzaban el aparcamiento en dirección al coche.

Sabía que Tristan había notado algo raro.

–Creo que alguien le está robando –respondió Tristan mirándola de soslayo–. No tiene por qué ser Roger necesariamente.

–También podría darse el caso de que la señora Wal pierda las cosas.

–No me ha dado la impresión de que sea muy olvidadiza. No le ha llevado más de dos minutos encontrar esos zafiros, y apostaría cualquier cosa a que hace años que no los sacaba de los cajones. Sabe dónde está cada cosa y, en mi opinión, también sabe que las cosas no le desaparecen porque las pierda.

–En ese caso, es terrible –dijo Erin–. ¿Por qué no hace nada al respecto? Tú podrías ayudarle. ¿Qué te parece si volvemos mañana y tú hablas con ella para ver qué se puede hacer?

–¿No querías que me olvidara del trabajo?

–Esto es diferente.

–No, es lo mismo –dijo Tristan con una sombría sonrisa–. Hay una víctima, la señora Wal en este caso, y hay un delincuente. Supongamos que el delincuente es Roger. Roger lleva años ayudando en el negocio, quizá recibiendo un sueldo o quizás no. Roger no tiene mucho dinero, pero tampoco necesita demasiado. Se arregla con lo que tiene. Un día, se ve con problemas económicos, pero los bancos no le prestan dinero y su familia no puede ayudarle; pide prestados unos miles de dólares a algún desaprensivo y, de repente, se encuentra en un callejón sin salida. No consigue trabajo bien remunerado y los prestamistas quieren que les devuelva el dinero; para colmo, tiene un bebé, y eso también cuesta mucho. Y ahí está la señora Wallace, con más zafiros de los que podrá vender en su vida y, al fin y al cabo, no echará de menos unos cuantos. Así que Roger agarra un zafiro y después otro y otro.

»Sin apenas darse cuenta, Roger continúa robando, a pesar de que se jura a sí mismo devolver el dinero algún día. Entretanto, ayuda a la señora Wal para compensarla por lo que está haciendo y piensa que, al fin y al cabo, no está haciendo daño a nadie y que solo lo está haciendo para poder sobrevivir.

¿Quién es la víctima, Erin? ¿Y crees que puedes presentarte mañana en la tienda y arreglarlo todo?

Erin había deseado que Tristan se abriera a ella y le hablara de su trabajo. Bien, acababa de hacerlo.

–Puede que no sea así –dijo ella en voz baja.

–Tienes razón, puede que no sea así.

Pero estaba claro que Tristan ya no creía demasiado en la justicia.

–Eso es lo que pasa cuando trabajas de incógnito, ¿verdad? Te involucras demasiado.

Tristan no respondió.

–Y tienes que tomar decisiones muy difíciles en situaciones muy difíciles y las cosas no salen siempre bien, ¿cierto? A veces, la situación empeora.

Ninguna respuesta.

–Pero no siempre tiene que ser así –insistió ella a la desesperada–. Algunas veces consigues que mejore la situación.

–Sí, algunas veces –contestó él con una sonrisa tan triste que se le clavó en el corazón.

Ese era el tipo de asunto al que Tristan se enfrentaba todos los días, el motivo de sus pesadillas y desilusión. Y la única respuesta al problema que se le ocurría era que Tristan dejara su trabajo y permitiera que otro ocupara su lugar.

Quería ayudarle. Pero no sabía cómo.

Entraron en el coche, con Tristan al volante. Había dejado de llover, pero no habría puestas de sol ni piscinas naturales aquella noche. Quería hacerle sonreír, pero… ¿cómo?

Recorrieron un paisaje con piedras de granito, con ovejas y hierba. De repente…

—Eh, mira ahí, hay un coche tan viejo como el que le compraste a Frank.

—¿Dónde? —Tristan aminoró la velocidad.

—Ahí, al lado de ese cobertizo. A la izquierda, casi cubierto por la hierba.

Ahora que lo veía más de cerca, no se parecía en nada a la camioneta de Frank.

—Es una camioneta FJ Holden —dijo Tristan.

A juzgar por el tono de voz de él, eso era algo bueno.

—Quiero echarle un vistazo.

Erin salió del coche y siguió a Tristan hasta donde estaba la camioneta.

—Mira lo bonita que es —dijo Tristan cuando estuvieron al lado del vehículo—. Podría arreglarla. Igual funciona.

Erin dudaba que tuviera motor.

No lo tenía.

—Podrías ponerla en el jardín a modo de escultura o utilizar la camioneta como fuente. A tus vecinos les encantaría.

—O podría utilizarla para meter cosas —dijo él metiendo la cabeza dentro del vehículo—, como hacía Frank con el Ford.

—En ese caso, tendrías que ponerle puertas. Tienes suerte de que no tenga asientos.

Tristan rodeó la camioneta y luego se apartó de ella para mirarla a cierta distancia.

–Creo que voy a intentar comprarla –declaró él.

Erin sonrió.

–Buena idea.

–Nos merecemos una buena cena –declaró Erin.

Tristan había intentado encerrarse en su habitación al volver al motel, pero Erin se lo había impedido.

–Buena comida, buen vino, un ambiente agradable y buena compañía. Pero me conformaré con tres de las cuatro cosas –añadió ella.

–Estoy muy cansado –dijo Tristan.

–Normal. Por eso es por lo que vamos a ir a cenar ahora y no más tarde. Imagínate lo bien que vas a dormir con el estómago lleno de filete con patatas.

A Tristan no le gustaban los filetes con patatas.

–¿Tengo que cambiarme de ropa?

–No, estás bien así –respondió Erin mirándole los vaqueros y la camiseta–. ¿Y yo?

–Bien.

Erin llevaba un vestido de verano azul, sandalias y media docena de pulseras de oro. Estaba preciosa.

El restaurante del pub tenía una moqueta oscura, paredes de madera y mobiliario ecléctico. La iluminación era tenue y el ambiente relajado e informal.

–Creo que voy a pedir costillas y ensalada –dijo Erin después de ojear el menú–. ¿Quieres que dejemos para después la discusión de quién va a pagar?

Tristan se encogió de hombros.

–Como prefieras.

–Me gustaría darte las gracias por acompañarme en este viaje –anunció Erin–. Me gustaría invitarte a cenar. Me refiero a esta cena. Bebida incluida.

Tristan la miró fijamente.

–Jamás te das por vencida, ¿verdad?

–Te equivocas –respondió Erin–. Es verdad que, cuando me propongo algo, me vuelco en ello, pero nunca me he encontrado en una situación en la que he tenido que tomar una difícil decisión. Por ejemplo, jamás he estado dentro de un edificio en llamas y elegir salir corriendo a pesar de saber que todavía había gente ahí dentro. Rory sí lo ha hecho.

–No debió haber podido hacer otra cosa –dijo Tristan.

–Díselo a él –Erin aún no había acabado–. Tampoco he perdido a dos hombres en una operación de limpieza de minas y tener que enviar a otro grupo al día siguiente a hacer lo mismo. Mi padre sí lo ha hecho. Yo creo que me habría dado por vencida y habría vuelto a casa.

–Tu padre está preparado para tomar ese tipo de decisiones.

–Sí, lo está. El problema es llevar una vida normal después de tomar ese tipo de decisiones. Mi padre es un buen hombre y fuerte, y Rory también. Me siento orgullosa de los dos. Pero, a veces, les veo sufrir y no soporto no poder ayudarles.

Erin respiró hondo y añadió:

–Y contigo pasa lo mismo. Veo que sufres, me

doy cuenta de que no puedo hacer nada y eso me enerva.

–Me has ayudado –confesó él con voz queda–. Estando aquí contigo es suficiente.

–En ese caso, está decidido.

–¿Qué es lo que está decidido?

–Que yo pago la cena.

En mitad de la cena, Erin vio entrar en el pub a Roger, el joven que limpiaba la pecera de la señora Wal, con una niña que no podía tener más de un año. Roger saludó al camarero de la barra y, después de decirle algo a la pequeña, se dirigió a la sala de juegos.

–¿Era Roger? –le preguntó a Tristan.

Tristan asintió.

A los cinco minutos, Roger salió de la sala de juegos con la pequeña en los brazos y, al lado, de su otra mano, una chica de ojos tristes y rostro enrojecido. La expresión de la chica era, simultáneamente, desafiante y abatida; en la expresión de Roger se veía resignación. De camino a la salida, Roger les vio y apartó los ojos inmediatamente.

Erin pensó que eso sería todo, que Roger no volvería a lanzarles una mirada. Sin embargo, Roger ladeó el rostro una vez más, clavó los ojos en Tristan y ambos hombres se comunicaron con la mirada: una pregunta quizá o una respuesta. No lo sabía.

Transcurrieron unos segundos y entonces Roger, mirándola a ella, le dedicó algo que podía pasar por una sonrisa de no ser por la tristeza que conllevaba. Después, el pequeño grupo continuó su camino.

–Crees que es Roger quien ha robado los zafiros, ¿verdad?

–Sí –respondió Tristan.

–¿Qué le haría la policía si le atrapara?

–Arrestarle. Después, tendría que ir a juicio.

–¿Y qué crees que pasaría en el juicio?

–Que le condenarían y le enviarían a la cárcel.

–¿Qué harías tú?

–Lo que he hecho.

–¿Lanzarle una advertencia con la mirada? ¿Ha sido eso?

–No –respondió Tristan.

–Entonces, ¿qué?

–Simplemente le he dejado claro que sé qué es lo que pasa y, posiblemente, por qué. Y le he dejado marchar. La señora Wal no quiere denunciarle, Erin. Yo tampoco voy a hacerlo.

Erin le miró con solemnidad. En Tristan vio fuerza y compasión. Impulsivamente, le puso las manos en el rostro y le besó con ternura.

–¿Y eso a qué viene? –preguntó él desconcertado.

–Eso ha sido por ser quien eres.

Y porque se había enamorado de él.

Erin pagó la cena, pagó las bebidas y Tristan se lo permitió. Estaba escrito en las estrella, le informó con altanería.

–¿A qué hora quieres que nos levantemos mañana? –le preguntó ella mientras se dirigían al coche.

–¿No vas a comprar más zafiros? –preguntó él. Erin le había besado con ternura y el corazón se le había parado.

–No –respondió ella con decisión–. Ya tengo todo lo que necesito, en cuanto a las piedras se refiere. Podríamos acostarnos pronto, levantarnos temprano y ponernos en camino de vuelta a Sídney.

Erin le miró con orgullo y con algo más, y a él le dieron ganas de echarse a llorar.

Cuando llegaron al motel, Tristan se detuvo delante de la puerta de su habitación.

–No tengo nada que ofrecerte, Erin –murmuró él–. No soy el hombre indicado para ti.

A pesar de sus palabras, se acercó para abrazarla.

–Lo sé.

Pero sí podía ofrecerle ternura, pensó mientras la besaba.

–No sé dónde voy a estar dentro de un mes ni lo que estaré haciendo. No quiero hacerte daño.

–Me alegro de que así sea –Erin subrayó sus palabras con diminutos mordiscos en el labio inferior de él.

Un deseo incontenible se apoderó de Tristan. Le besó la garganta y ella, jadeante, se pegó a su cuerpo.

Con ojos oscurecidos por la pasión, Erin echó atrás la cabeza y le miró fijamente.

–No voy a pedirte un mañana, Tristan. No voy a pedirte nada que no quieras darme. Solo quiero una cosa esta noche.

–¿Qué?

–Que cuando hagamos el amor… Cuando esté abrazada a ti y te sienta dentro de mí, cuando lo único que vea sea a ti sobre mí… por favor, no intentes controlarte. Te quiero sin reservas.

–¡Cielos! –murmuró él.

Tristan abrió la puerta y, cuando los dos estuvieron dentro, la arrinconó contra la pared y le devoró los labios. Estaba perdido, no podía pensar. Lo único que existía para él eran Erin y el deseo que sentía por ella.

La habitación estaba a oscuras, pero no apretó el interruptor de la luz. Le subió el vestido y, con ansia, le arrancó las bragas de encaje. Entretanto, ella le quitó la camiseta y le besó la garganta y el pecho.

Tristan liberó su miembro y, con Erin pegada a la pared, la alzó. Ella le rodeó la cintura con las piernas y él la penetró.

Erin lanzó un grito de placer. Llevaba anhelando ese momento desde que le conocía. Rodeándole el cuello con los brazos, se sometió a todo lo que Tristan quisiera ofrecerle. Se entregó por completo a él, decidida a seguirle adonde quisiese.

Tristan la montó con furia, profundamente. Era apasionado y hacía el amor con desesperación. Justo lo que ella quería.

Enterró las manos en los cabellos de Tristan, quería mirarle el rostro. Y contuvo la respiración al ver que Tristan había perdido el control. Ella le pertenecía y Tristan estaba perdido. Maravillosamente perdido.

De nuevo, Tristan le cubrió la boca con la suya, la poseyó salvajemente y, por fin, la hizo alcanzar la cima del placer.

Erin, en glorioso abandono, se deshizo en sus brazos, y él no la siguió. Sumergiéndose en ella, alcanzó el orgasmo.

Erin respiraba trabajosamente y temblaba. Igual que él.

–¡Vaya! Espero que lo hayas pasado bien.

–Ha sido perfecto –respondió Erin sonriendo.

–Estupendo –porque quería repetir.

Consiguieron llegar a la cama y, con cuidado, Tristan apartó las sábanas y tumbó a Erin.

–No sé si quitarte el vestido o no –Tristan se tumbó al lado de ella y se incorporó, apoyándose en un codo–. Estás muy sexy con él.

Por supuesto, antes o después le quitaría el vestido; pero, de momento, si se lo dejaba puesto quizá él pudiera tomárselo con más calma.

Esta vez, iba a acariciarla, necesitaba demostrarle que sabía tener cuidado con una mujer, que podía mostrar ternura al igual que deseo. Y esta vez quería luz, la suave luz de la lámpara de la mesilla de noche. Necesitaba mirarle a los ojos.

–Supongo que puedo dejármelo puesto un poco más –los ojos de Erin estaban oscuros y mostraba perezosa satisfacción–. Pero voy a acabar quitándomelo, ¿de acuerdo?

Sí, claro que estaba de acuerdo.

–Quiero sentirte con la piel, con toda la piel.

–Perfecto –murmuró Tristan–. Pero luego.

Tristan deslizó la mano por debajo del vestido y la acarició, provocando gemidos, ruegos y estremecimientos ahí donde la tocaba. Entonces, muy despacio, colocó la mano donde ella estaba caliente, mojada y abierta a él.

Tristan sabía darle placer a una mujer, pensó Erin perezosamente cuando Tristan le acarició con los dedos. Sabía darle placer mientras le besaba el rostro y obraba magia con los dedos. Demasiado y demasiado pronto, y no pudo evitarlo. Era suya por entero. Tristan podía hacer con ella lo que quisiera, incluso si lo que él quería era que alcanzara el clímax otra vez con sus caricias. Y una vez más y otra vez y otra.

Eso no significaba que ella no pudiera intentar hacerle cambiar de táctica.

Erin puso una mano en la de Tristan y luego le acarició el brazo, deleitándose en la dureza de sus músculos. Tristan tenía el cuerpo de un guerrero, duro y esbelto, y le deseaba. Le acarició el pecho mientras él jugueteaba con ella.

El placer se hizo más intenso, el pulso se le aceleró, pero se resistió. No, todavía no, así no. Quería… más. Le puso la mano en el hombro a Tristan, luego en la nuca, atrayéndole hacia sí. Quería que la besara ahí y, cuando lo hizo, resultó ser mucho más de lo que había soñado. Con la boca, Tristan la hizo alcanzar el clímax por segunda vez aquella noche.

Y le maldijo por ello.

–¿A qué ha venido eso? –preguntó él medio indignado y divertido–. ¿No crees que deberías darme las gracias?

–Gracias –dijo Erin a regañadientes–. Y ahora, ¿puedo quitarme ya el vestido?

–No. Estoy intentando ir despacio, pero tú te niegas a cooperar.

Erin lanzó una carcajada.

–Bésame menos y tócame menos.

–No creo que me sea posible. Quiero besarte más. Ponte de pie.

–Sé que no es posible.

Pero Erin le obedeció y se puso de pie, delante de Tristan, con ese vestido azul todo arrugado. Tristan se levantó, se acercó a ella y, después, se colocó a su espalda. Entonces, le bajó la cremallera del vestido muy despacio, rozándole la piel con los dedos. Lentamente, le bajó los tirantes y, por fin, el vestido cayó al suelo y ella estaba completamente desnuda.

–¡Por fin!

Tristan le besó la nuca suavemente y le acarició la espalda, y ella tembló. Entonces, se colocó delante de ella, se desnudó y, abrazándola, la besó.

Erin era demasiado generosa consigo misma, daba demasiado, pensó Tristan. Era cálida y suave.

Le acarició los pechos con los dedos y le pellizcó un pezón. Ella jadeó. Pero entonces, con una traviesa sonrisa, Erin bajó la cabeza y le mordisqueó un pezón. Tristan casi perdió el sentido.

Generosa, demasiado generosa.

Se dejaron caer en la cama y la ternura dio paso a la pasión. No lograba saciarse de ella, no se cansaba de lamerle la piel. Erin era intrépida y fascinante, y no se guardaba nada, se lo estaba ofreciendo todo, todo lo que él quisiera.

Se apoderó de un pecho de Erin y ella gritó de placer. Le acarició la cintura con los labios y ella le abrazó con fuerza.

–Date prisa –le ordenó Erin.

Pero innecesariamente. Tristan ya le estaba colocando los brazos por encima de la cabeza y, con las piernas de ella alrededor de su cintura, la penetró.

–Tristan, por favor… No puedo esperar.

–Sí, sí que puedes –dijo él–. Mírame, Erin –le acarició los labios con los suyos–. Siénteme dentro –volvió a besarla mientras sentía que perdía el control–. Vamos, acompáñame…

Y con los ojos clavados en los de Erin y ella en los suyos, comenzó a moverse.

Capítulo Ocho

Tristan se despertó al amanecer, miró a la mujer dormida a su lado y sintió un miedo sobrecogedor.

Tenía que escapar.

Se vistió rápidamente y, en silencio, salió de la habitación perseguido por sus fantasmas. Erin daba demasiado y él había tomado todo lo que ella le había ofrecido.

Esa noche también había tenido una pesadilla; la misma de siempre, aunque esta vez no se había despertado bañado en sudor. Y, gracias a Erin, se había vuelto a dormir, lo sabía instintivamente, aunque no lo recordara.

No, no estaba enamorado. No podía estarlo. Él no se enamoraría jamás.

Pero sabía que se estaba engañando a sí mismo.

Al despertar, Erin se encontró sola en la cama de la habitación de Tristan. Se quedó mirando al techo, entre agradecida y dolida por estar sola. La noche con Tristan había sido más de lo que había soñado, la experiencia más intensa de su vida.

Por fin, se levantó y mientras se debatía entre darse una ducha allí o hacerlo en su habitación, Tristan entró por la puerta y la encontró ahí en medio completamente desnuda.

–Ah, has vuelto –dijo Erin con súbita timidez. Lo que era extraño, dadas las libertades que Tristan se había tomado con ella durante la noche.

–Pues… sí –Tristan cerró la puerta con cuidado y dejó una bolsa de panadería encima de la mesa.

–Estaba a punto de…

–He ido a por…

Los dos hablaron y callaron al mismo tiempo.

–No era mi intención… –Tristan la miró– interrumpir lo que estuvieras haciendo.

–Una ducha –dijo ella apresuradamente.

–Sí, ahí está.

–Sí, ya, gracias. Bueno, entonces… voy a darme una ducha.

En el momento en que Erin cerró la puerta del baño, Tristan lanzó una maldición y se pasó la mano por el cabello. No era un adolescente. Tenía treinta años. No era la primera vez que se despertaba con una mujer en la cama.

Mientras Erin se duchaba, él hizo la cama y metió sus cosas en la bolsa de viaje, que dejó al lado de la puerta. A continuación preparó el café.

Erin salió del cuarto de baño, guapísima con el vestido azul arrugado. Le miró y le sonrió, lo que era bueno y malo. Parecía más tranquila; sin embargo, él estaba más nervioso.

–¿Te apetece un zumo?

–¿Del frigorífico de la habitación?

–No, de la panadería. ¿Un bollo para desayunar?

Erin miró la bolsa de la panadería y luego a él.

–¿Quieres alimentarme?

–No.

Erin sonrió traviesamente.

–¿Has preparado café?

–Sí, pero no te he puesto ni leche ni azúcar. ¿Cómo te gusta?

–Con leche y sin azúcar –respondió Erin.

Con los cafés y los bollos en la mesa, se sentaron a desayunar.

–Verás… creo que necesitamos hablar de cosas sin importancia hoy por la mañana –declaró ella después de un sorbo de café.

–El silencio no está mal –comentó Tristan–. El silencio es bueno.

–No –Erin clavó los ojos en los suyos–. Lo que necesitamos es hablar de cosas sin importancia, Tristan. Al menos, eso es lo que creo que quieres.

Lo era. Si lo conseguían o no estaba por ver.

–¿Sabías que Inverell tiene un museo de coches antiguos?

–Eso no es algo sin importancia –declaró él indignado–, es importante.

–Mmm. Está abierto desde las nueve de la mañana. ¿Cuándo quieres que nos pongamos en camino hacia Sídney?

–¿Cuándo quieres tú que salgamos?

–Es un trayecto de ocho horas si vamos directos –dijo Erin–. Si saliésemos al mediodía aún llegaríamos a buena hora. Vamos, si te parece bien.

–O si te parece bien a ti –dijo él.

–Mmmm –Erin le pasó un vaso de zumo de naranja–. Salud.

–A ver, ¿qué te parece si vamos al museo de coches y luego nos pasamos por la tienda de la señora Wallace antes de ponernos en camino para Sídney?

–¿Para qué vamos a ir a ver a la señora Wallace?

Tristan se frotó la nuca. Aunque no fuera asunto suyo, no podía dejar que Roger siguiera robándole a esa mujer.

–Podría hablar con ella y aconsejarle respecto a cómo proteger sus zafiros. Con que pusiera una cámara de seguridad en la tienda puede que fuese suficiente.

–O diciéndole que se buscara a otra persona que le limpiara el acuario.

–Sí, esto también. La cuestión es dejarle claro que tiene distintas opciones.

–Me gusta la idea.

La sonrisa de Erin le llegó al alma. Le volvió loco. No quería que eso le ocurriera, no lo necesitaba. No obstante, se preguntó qué tenía Erin que la hacía tan diferente de las otras mujeres a las que había conocido.

–Bueno, voy a darme una ducha.

–Y yo voy a ir a hacer el equipaje.

Erin se acabó el café, agarró las sandalias y se

dirigió a la puerta. Tras dar unos pasos se detuvo y le miró.

–Tengo ganas de darte un beso –declaró ella con solemnidad–. Uno de esos besos rápidos de agradecimiento por… la pasada noche. Me gustaría darte ese tipo de beso… si no te molestara.

–Erin…

Pero ella había reanudado sus pasos y ya estaba saliendo por la puerta.

A Erin no le importó dar una vuelta por el museo de coches antiguos, había más cosas que mirar además de coches, como viejos surtidores de gasolina y letreros con nombres de tiendas. Y muñecas de porcelana.

Y Tristan.

Le encantaba ver a Tristan ilusionado como un niño. Bromearía con él mucho más si le perteneciera.

¡No! Tenía que dejar de pensar en lo que haría si Tristan fuera suyo. No lo era. No quería serlo. Y mejor así, porque no quería vivir con un hombre como Tristan. No quería un hombre que no pudiera hablarle de su trabajo, que sufriera sin que ella pudiera impedirlo, dedicado en cuerpo y alma a cumplir con su deber.

Salieron del museo a las diez y media. Eran casi las once cuando aparcaron el coche delante del negocio de la señora Wal.

–¿Qué vas a hacer si la señora Wal no está en la tienda? –preguntó Erin.

–Buscarla o esperar en el coche.

–Te acompaño.

–No.

–Lo primero que dices siempre es no –protestó Erin al salir del coche–. Pues si no quieres que vaya, vas a tener que atarme al coche, cosa que no me molestaría en absoluto si las circunstancias lo permitieran; de lo contrario, vas a tener que dejarme que vaya contigo. Te prometo que no diré nada…

–¡Quédate en el coche!

–No voy a quedarme al margen, Tristan. Esto no es una investigación oficial y lo sabes perfectamente. Se trata de que los dos queremos ayudar a una mujer que tiene un problema con un empleado, nada más.

Tristan le lanzó una mirada fulminante, pero ella no cedió. Con las manos en las caderas, le retó con los ojos antes de decidir ignorarle y ponerse en camino hacia la tienda.

Tristan la alcanzó delante de la puerta. La adelantó para abrir y le cedió el paso.

–Uno de estos días te voy a atar al coche de verdad –murmuró él.

–Muérdeme.

–Eso después –dijo Tristan, decidido a cumplir la amenaza.

Erin agrandó los ojos y la sonrisa que le lanzó fue mortal.

–¿Me lo prometes?

–Vamos, concéntrate en el trabajo. Quizá así consiga concentrarme yo también.

–Perdona –dijo Erin. Y, al mirar a través del cristal, añadió–: Mira, estamos de suerte, la señora Wal está en la tienda.

–Debe estar preguntándose qué hacemos aquí otra vez –murmuró él al tiempo que abría la puerta y entraba detrás de Erin.

–¡Oh, no! –exclamó la señora Wal con una sonrisa que no le llegó a los ojos–. Me parece que va a ser uno de esos horribles días, lo presiento. Ha cambiado de parecer y ya no quiere los zafiros, ¿verdad?

–No, no es eso en absoluto –respondió Erin–. Los zafiros son perfectos.

La mujer pareció aliviada.

–Bueno, en ese caso, ¿en qué puedo ayudarles?

–La verdad es que no hemos venido a comprar –dijo Tristan con voz suave–. Señora Wallace, soy policía y me gustaría aconsejarle respecto a esos zafiros extraviados. Nada oficial, por supuesto –añadió Tristan al ver la expresión de alarma de la mujer–. Pero estoy casi seguro de que no los ha extraviado, sino que se los han robado, y me gustaría hablarle de lo que puede hacer para evitar que eso siga ocurriendo.

La señora Wallace esbozó una trémula sonrisa, pero los ojos se le llenaron de lágrimas.

–Es usted un buen hombre –dijo la mujer–, me di cuenta nada más verle. Le agradezco mucho que se haya tomado tantas molestias, pero no es necesario.

La señora Wallace dirigió la mirada a una hoja de papel que había encima del mostrador.

–Al entrar esta mañana, encontré ese papel en el suelo, lo habían echado por debajo de la puerta. Es una lista de las piedras que me ha quitado, con las fechas y los precios, incluido un cálculo de los intereses.

La señora Wallace parecía a punto de echarse a llorar. Tristan no soportaba los lloros. Miró a Erin en busca de ayuda. Nada. Erin parecía también a punto de llorar.

–Y también ha escrito los plazos para devolverme el dinero –añadió la mujer dándole la hoja de papel–. Empezando hoy.

–¿Roger? –preguntó él, y la mujer asintió.

–Sabía que tenía problemas, aunque nunca me ha dicho nada. Su esposa… –la señora Wallace sacudió la cabeza–. En fin, le he ofrecido un trabajo fijo. La verdad es que hace mucho que debería haber contratado a alguien para que me llevara el negocio. Yo, la verdad, no tengo ganas de hacerlo, me ocurre desde que murió Edward. Además, ya es hora de que alguien le ofrezca una oportunidad a ese muchacho.

–Es un riesgo, desde luego –dijo Tristan dejando el papel en el mostrador.

También era una solución, por supuesto, pero no la que él habría aconsejado.

–Lo sé.

–¿Y si vuelve a robarle?

La señora Wallace miró la carta que Roger había escrito, con el cálculo de lo que debía pagarle, y sonrió.

–Es un buen chico –dijo la mujer–. Lo sé, le conozco. Además, a veces no hay más remedio que tener fe en los demás.

–Ha ido bastante bien –dijo Erin cuando llegaron al coche–. Me gusta la decisión a la que se ha llegado y a la señora Wal también –se quedó mirando a Tristan, impasible él–. ¿A ti qué te parece?

–No me parece mal –respondió Tristan tras reflexionar unos momentos–. Creo que hay que darle a la gente una segunda oportunidad.

–¿Pero?

–Pero no creo en los finales felices –respondió él con voz queda.

–¿Tampoco en la esperanza? –le preguntó Erin.

–Sí, en eso sí… últimamente.

Se detuvieron en Tamworth para comer sin prisas, les daría tiempo a llegar a Sídney no muy tarde.

Después de comer, se turnaron para conducir, Tristan estaba al volante cuando el sol se ocultó en el horizonte. Llegarían esa noche, pensó él. Llegarían a casa, se despedirían y ahí se acababa la historia. Era lo que él quería. Lo que ambos querían. ¿O no?

A Erin no le gustaba el modo como él se ganaba la vida. Sin embargo, lo comprendía. Entendía lo duro que era cumplir con el deber y sabía cómo combatirlo: con risa, con esperanza, con distracciones… Erin lograba alcanzar el equilibrio en un mundo demasiado oscuro.

Él vivía en Londres.

Pero no iba a volver a vivir allí. Quería pedir el traslado a Australia y dejar de trabajar en la clandestinidad. Y lo conseguiría.

Le asustaba enamorarse de una mujer y arriesgarse a perderla.

Por fin, acababa de reconocerlo.

Ninguna mujer le había cautivado por completo ni le había asustado tanto como Erin. Erin era lo que necesitaba y una persona con la que jamás se había permitido soñar.

–¡Guau! –exclamó ella de repente.

–¿Qué pasa? –preguntó Tristan alarmado.

–Un canguro –respondió Erin–. Un canguro enorme que ha estado a punto de cruzar delante del coche.

–No lo he visto.

–Es peligroso conducir de noche por esta carretera –comentó ella.

–Sí –sobre todo, con una loca como ella por compañía.

–Hay un motel a unos pocos kilómetros de aquí. He visto el letrero anunciándole hace un par de kilómetros.

–¿Antes o después de ver el canguro?

–Casi segura que ha sido antes.

Tristan la miró de soslayo, Erin sonreía maliciosamente.

–¿No te parece que deberíamos considerar la posibilidad de pasar la noche en el motel? –dijo ella–.

Lo digo por los pobres animales. Soy una firme defensora de los animales en peligro de extinción.

Tristan no pudo evitar sonreír; pero, al mismo tiempo, maldijo a Erin mientras se rendía a lo inevitable. Tampoco él quería llegar a Sídney esa noche. No quería que el viaje acabara, no quería despedirse de ella.

—Tienes razón, hay que proteger a los animales salvajes —declaró Tristan.

—Me gustan los hombres con convicciones —Erin se estiró lánguidamente y le sonrió—. ¿Cuántas habitaciones crees que vamos a necesitar?

—Una.

Consiguieron llegar a la habitación sin tocarse. Tristan logró meter el equipaje y cerrar la puerta antes de abrazarla.

—Dame un beso de buenos días —susurró él cuando Erin le rodeó el cuello con los brazos y le miró con ensoñación.

—Esta mañana, cuando me desperté, me encontré sola —murmuró ella junto a sus labios—. Quería besarte.

Erin le besó profundamente y durante lo que le pareció una eternidad.

—En el museo de coches antiguos también quería besarte —continuó Erin al tiempo que le desabrochaba la camisa para quitársela después—. He visto la ternura con la que has tratado a la señora Wallace y quería que me trataras así también a mí. Sigo deseándolo.

Erin volvió a besarle y él se sintió ahogarse en ella. La pasión le golpeó con fuerza y tuvo que esforzarse por controlarla. No, todavía no. Iba a ser tierno, podía ser tierno. Esta vez, tenía que dar además de tomar.

Muy despacio, comenzó a acariciarla, la llevó a la cama y saboreó lo que tenía.

Erin suspiró mientras él la desnudaba. Veía pasión en él, pero se dio cuenta de que la estaba conteniendo. Lo único que le traicionaba eran los ojos, ardientes.

Erin le acarició el cabello mientras se entregaba al placer que le produjeron las caricias de Tristan en los pechos con las manos y luego con los labios. Se le erizaron los pezones y se arqueó hacia él. Quería más, necesitaba más, pero Tristan no permitió que le metiera prisa. La acarició lentamente, le besó el cuerpo, la exploró concienzudamente.

–Tristan… –Erin temblaba del esfuerzo por controlarse–. Tristan, por favor…

–¿No quieres que sea tierno?

–¡No!

Erin no sabía lo que quería. La pasión era tan intensa que apenas podía respirar. La ternura la estaba destruyendo.

–Sí –susurró Erin, contradiciéndose. Lo quería todo.

Se abrió a él y, por fin, Tristan bajó la cabeza y

la poseyó con la lengua. Ella trató de contener el orgasmo, pero en cuestión de segundos se sacudió espasmódicamente. Todo era demasiado rápido, todo. Tristan le había capturado el corazón en nada de tiempo, pero no podía impedirlo, no con ese hombre. Tristan era el hombre de su vida, y estaba dispuesta a darle lo que él quisiera.

Tristan esperó a que se calmara y entonces volvió a besarle el cuerpo hacia arriba. Erin olía a sol y tenía el sabor del pecado. La penetró y ella le besó con una emoción tan pura que le hizo temblar. Se movió dentro de ella a un ritmo que sabía iba a arroyarles a los dos.

Tenía a Erin en la cabeza, en el corazón y, en ese momento, también la tenía en sus brazos.

Estaba enamorado.

Capítulo Nueve

A la mañana siguiente, cuando Erin se despertó, se encontró en los brazos de Tristan y le pareció estar en el paraíso. Muy quieta, se le quedó mirando. Tristan estaba dormido, habían estado despiertos hasta bien entrada la madrugada. Tristan no había tenido pesadillas.

Erin estaba en el baño llenando la tetera eléctrica de agua cuando Tristan apareció. Alzó la mirada y, de repente, los brazos de él le rodearon la cintura. Se miraron a los ojos a través del espejo. Él tenía el cabello revuelto como un chiquillo y la mirada, como siempre, intensa; pero fue la sonrisa de Tristan lo que más le llamó la atención.

Qué sonrisa tan dulce.

Al final, decidieron pedir que les llevaran el desayuno a la habitación: huevos revueltos con tocino, pan turco y zumo de naranja.

Estaban en Branxton, a menos de dos horas de Sídney, llegarían a la ciudad a la hora de almorzar.

—Me gustaría hacer algo antes de volver a Sídney —dijo Tristan—. Si no, no me lo perdonaré jamás.

—¿En serio? —una sugerencia interesante. Ya habían hecho bastante, pensó Erin–. ¿Qué es lo que quieres hacer?

Tristan estaba sentado en la cama, frente a ella, y el brillo de sus ojos era irresistible.

–Tenemos que escalar algo.

–Se llama Ladder of Gloom –dijo Erin dos horas más tarde mirando a los pies de la formación rocosa de doce metros de altura situada al borde del perímetro del parque nacional Kuringai, al norte de Sídney–. Es perfecto para lo que queremos: ni mucha altura, no excesivamente fácil, y divertida de escalar.

Tristan miró la pared vertical y lanzó un suspiro.

–¿Quién ha sugerido hacer semejante estupidez?

–Tú. Y cuando llegues arriba comprenderás por qué.

Erin le enseñó a ponerse el equipo. Después, le indicó la ruta que iban a seguir.

–Lo primero es lo más difícil. Si eres capaz de escalar los dos primeros metros, el resto no te va a suponer ningún problema. Lo vamos a hacer así: tú escalas primero, mientras yo te vigilo desde abajo; entonces, te paras, te sobrepaso, y guío yo. Es como subir una escalera.

–Pero peor.

–Y no te preocupes si te escurres, le ocurre a todo el mundo, porque vamos a ir atados con cuerdas sujetas a unos anillos durante toda la ascensión.

–Te gusta mucho esto, ¿verdad? –preguntó Tristan.

–Sí, mucho.

–Eres adicta a la adrenalina.

–¡No! –Erin echó la cabeza hacia atrás y añadió–: Soy muy tranquila. Pregúntaselo a cualquiera de mi familia.

–No creo que sea necesario –comentó él en tono burlón–. Erin, tú no eres tranquila. Te mueves con rapidez, piensas con rapidez y haces el amor con rapidez. Incluso cuando vas despacio.

–¿Te estás quejando?

–No, no –respondió Tristan con una sonrisa traviesa–. Ha sido un cumplido.

Erin empequeñeció los ojos.

–Tendrías que ser hombre para comprenderlo –comentó él.

Los dos primeros metros no eran lo que él consideraba una escalera, pero logró subirlos. Después de que Erin le sobrepasara, con los ojos brillantes y paso seguro, él la siguió. Erin tenía razón, era una pequeña ascensión. Doce metros no era mucho, pero lo suficiente para quedar empapado en sudor y preguntarse cómo conseguían los escaladores realizar ascensos más difíciles.

Había realizado más de la mitad de la escalada cuando se le ocurrió que él, que nunca se fiaba de nadie, había permitido que Erin le guiase. Ella sabía lo que hacía y él no, pensó con lógica. Pero no era lógico que, voluntariamente, hubiera dejado en manos de Erin la responsabilidad de la seguridad de ambos.

El último tramo de la escalada era el preferido de

Erin. Al final, lo único que tenía que hacer era meter la punta del pie en una grieta, estirarse lo más posible y alcanzar la cima. Se aseguró de que la tierra en la cima era firme, que no estaba suelta, y se aupó sin problemas.

Pero se encontró cara a cara con una serpiente de color marrón.

La serpiente retorció el cuerpo y alzó la cabeza. Tenía cara de pocos amigos y no huyó.

Instintivamente, Erin apartó la mano y se echó hacia atrás para evitar que la serpiente la mordiera. Entonces, perdió el equilibrio.

No cayó muy abajo, estaba atada a la cuerda y la cuerda al anillo, pero se golpeó con la pared de piedra. No obstante, eso era mejor que sufrir la mordedura de una serpiente marrón. Sí, mucho mejor.

Tristan la vio alcanzar la cima y echarse atrás. La vio caer y el mundo pareció detenerse. Intentó agarrarla, pero no pudo. Erin cayó al lado de él. Y entonces, Erin estiró el brazo y él consiguió agarrarle la mano.

A pesar de tenerla sujeta, ella se dio en el hombro con la roca; pero no con demasiada fuerza, gracias a él.

–Una serpiente marrón –dijo Erin cuando recuperó el habla–. En la cima.

Erin miró a Tristan, consideró su posición y concluyó que no era suficientemente segura. Miró la pared de piedra, buscó en ella algo a lo que aferrarse, pero no lo encontró.

–Suéltame –dijo Erin–. No caeré muy abajo, solo un par de metros. Encontraré algo a lo que agarrarme y volveré a subir.

–No –a pesar de que los músculos le dolían enormemente, no estaba dispuesto a soltarla.

–Vamos, no pasará nada –insistió ella.

Erin estaba colgando a diez metros del suelo y, sin embargo, le estaba pidiendo que la soltara.

–Tristan, la cuerda me sujetará. Será una pequeña caída.

–No –no iba a soltarla, no podía–. Vamos, sube.

Y Erin subió, utilizándole a él como ancla. Y cuando se encontró a salvo, a su lado, él la soltó y ella le insultó.

–¿Por qué no me has hecho caso? ¿Es que no te preocupa tu propia seguridad? ¡Deberías haberme soltado! ¡Podrías haberte dislocado un brazo! ¿En qué demonios estabas pensando?

–¡Cállate! –le ordenó Tristan con el rostro blanco como la cera y ojos encolerizados–. Cállate, Erin. ¡Y no vuelvas a decirme que debería haberte soltado! ¿Tienes idea de lo que ha sido para mí verte caer desde ahí arriba?

A Erin no le sorprendió que Tristan tuviera genio, pero sí que lo demostrara ahí, en esas circunstancias. Entonces, se dio cuenta de que Tristan había temido por la vida de ella.

–Estoy bien –dijo Erin echándose a temblar. Necesitaba llegar a la cima antes de que los músculos empezaran a fallarle–. Tristan, tenemos que subir ya.

–¿Y la serpiente?

Tristan empezaba a calmarse, a pensar. Bien, era lo que necesitaban, pensar con calma. Y ascender. Necesitaban llegar a la cima.

–Asustaré a la serpiente con la cuerda.

–¿Por qué no bajamos?

–Tenemos que llegar arriba. Estamos más cerca de la cima. Es más seguro.

Si descontaban la serpiente; y, esta vez, iba a asegurarse de que no estuviera ahí. La iba a bombardear con la cuerda y con cualquier cosa del equipo que le sirviera para espantarla.

–Voy a subir antes de que los músculos se me entumezcan –dijo ella, pero vio que Tristan no parecía convencido–. Confía en mí, Tristan. Por favor.

–¿Te has hecho daño? –preguntó él a regañadientes.

–No –sí. Le dolía el hombro, pero no como para impedirle llegar arriba–. En la cima veremos qué me he hecho y si tú también te has hecho daño.

Y se puso a escalar.

Erin llegó a la cima, bombardeó la tierra que tenía encima a conciencia y por fin, por fin, se incorporó.

La serpiente ya no estaba. Se desató de la cuerda sujeta al anillo y gritó a Tristan que empezara a escalar.

Tristan subió rápidamente. Si se lo proponía, sería un buen escalador. Aunque no creía que fuera su deporte, a juzgar por su expresión y la forma como apretaba los labios. Su primera escalada había dejado mucho que desear.

Erin le dejó descansar mientras ella subía la cuerda y recogía el desperdigado equipo. Cuando hubo terminado, Tristan seguía sin dirigirle la palabra. Se sentó a cierta distancia de él y se examinó las heridas.

Se había arañado las piernas, pero no sangraba mucho. Lo que le preocupaba era el hombro, se había dado un buen golpe. Lo movió y comprobó que no lo tenía dislocado. Se tocó la clavícula y los brazos. Nada, no se había roto nada.

—Necesitas ponerte hielo —dijo él malhumorado.

—Al llegar a las afueras de Sídney podríamos parar en una gasolinera para comprarlo.

—O ir a un hospital.

—No es necesario.

—Como quieras.

Fue entonces cuando lo sintió. Había perdido la protección de él, le había perdido a él.

La vista era extraordinaria. La serpiente ya no estaba. Tristan tampoco. Tristan se había retraído, había recuperado el control. Ya no estaba con ella como lo había estado al pie de la pared rocosa.

—No habría sido mucha la caída —dijo ella, desesperada por recuperar la intimidad con él.

Tristan la miró y luego apartó los ojos.

—Tristan…

Él no respondió.

—Gracias por agarrarme.

—Lo hice instintivamente —respondió él, negándose a mirarla—. Si hubieras preferido que no te agarrara, lo siento.

–No –dijo ella–. No, ha sido mejor que lo hicieras. Es solo que tenía miedo de que te pasara algo. Los dos nos hemos asustado –Erin alargó el brazo, le puso una mano en la frente y él se echó atrás–. ¿Qué pasa? ¿Te has hecho daño en el brazo?

–No.

–Entonces, ¿qué es lo que te pasa?

–Nada –Tristan se puso en pie–. Deberíamos bajar ya.

–Sí, tienes razón.

Llegaron abajo sin más incidentes. Recogieron el equipo y emprendieron el camino al coche. Erin iba con las manos vacías, Tristan había cargado con todo.

–¿Quieres que te deje en tu casa? –preguntó ella, desesperada por comunicarse con Tristan, cuando llegaron al vehículo.

–No puedes conducir con ese hombro –dijo él al tiempo que le abría la puerta del coche–. Conduciré yo.

Tristan tenía razón, pensó Erin acoplándose en el asiento contiguo al del conductor. El hombro le dolía cada vez más. Intentó abrocharse el cinturón de seguridad, pero lanzó un quedo grito de dolor y él se lo abrochó.

–Tristan, ¿qué te pasa?

–Te llevaré a casa de tu madre –dijo él, ignorando la pregunta–. Necesitarás que te cuiden.

—Está bien.

Erin se recostó en el respaldo del asiento, cerró los ojos y contuvo las lágrimas. Le dolía el hombro y le escocían los arañazos de las piernas, pero nada podía compararse al dolor de su corazón.

Compraron hielo en la primera gasolinera que vieron y Erin se alegró. Tristan debió notarlo, porque dijo:

—Lo primero que vamos a hacer es ir al hospital.

Ella no protestó.

En el hospital, Tristan la acompañó hasta la puerta de la sala en la que iban a examinarla.

Media hora más tarde, ya con los resultados de los rayos X, a Erin le dijeron que se había desgarrado algunos músculos y que tenía algunas contusiones, pero nada más. Le dieron unos calmantes, le vendaron el hombro y le dieron el alta.

Tristan estaba en la sala de espera. Al verla, se levantó inmediatamente y la miró a los ojos. No le dijo nada mientras ella se le acercaba, no era necesario. En los ojos de Tristan vio que estaba preocupado por ella y eso le dio esperanza.

—Lo del hombro no es nada serio —le informó Erin con voz suave—. Me he desgarrado algunos músculos y tengo unas cuantas contusiones, pero nada más.

—Bueno, ha sido mejor asegurarse —murmuró él metiéndose las manos en los bolsillos.

—Sí —Erin sonrió—. Venga, salgamos de aquí.

Realizaron el trayecto a la casa de su madre en silencio.

–Bueno, ya hemos llegado –anunció Erin, sin saber qué otra cosa podía decir.

–Llevaré tu equipo a la casa y luego pediré un taxi por teléfono.

–Llévate el coche. Iré a recogerlo mañana.

–No –Tristan sacudió la cabeza–. Tomaré un taxi.

Tristan le llevó el equipaje hasta la casa y saludó a su madre educadamente.

–¿Qué te ha pasado en el hombro? –le preguntó a Erin su madre.

–Hemos ido a escalar esta mañana y me he dado un golpe.

–¿Ha sido mucho?

–No, poca cosa. No me he roto nada. De camino, hemos pasado por el hospital. Estoy bien, no te preocupes.

–No tienes pinta de estar muy bien –comentó Tristan.

–Es verdad –corroboró su madre.

Dos contra una.

–En serio, estoy bien. Solo necesito descansar un poco.

–Si me lo permitís, pediré un taxi por teléfono y me marcharé –dijo Tristan.

–Deja, ya llamo yo –dijo Erin–. Puedo conseguir uno en menos de dos minutos. Tengo contactos.

Tristan sonrió, pero levemente.

–Esperaré fuera.

Tristan se despidió de su madre y de ella, y salió a la calle.

Erin sabía que Tristan sentía algo por ella, pero ese algo no parecía ser suficiente. Se estaba alejando y ella no podía evitarlo.

–Yo llamaré al taxi, tú ve con él –dijo Lillian Sinclair, que no era tonta.

Erin fue en pos de Tristan y esperó mientras él sacaba su bolsa del coche.

–Lo nuestro se ha terminado, ¿verdad? –dijo ella con voz apenas audible.

–No lo sé –murmuró Tristan–. Erin, necesito tiempo. No puedo pensar cuando estoy a tu lado, me siento confuso.

–No es mi intención hacer que te sientas así.

–Lo sé –dijo él–. Te llamaré dentro de unos días.

–¿En serio? –daba la impresión de estar desesperada, y no le gustaba–. Bueno, ya sabes, si necesitas un taxi de lujo…

–Erin, por favor –dijo Tristan con voz queda, y ella apartó la mirada rápidamente.

No podía mirarle. Si lo hacía, iba a llorar.

–Ah, ahí está tu taxi.

Negándose a verle alejarse, Erin se dio media vuelta y regresó a la casa.

Su madre la estaba esperando en la cocina.

–¿Y bien? –le preguntó su madre–. ¿Has conseguido las piedras que querías?

Erin asintió e intentó sonreír, pero no lo logró.

–Mamá, soy una idiota.

Y entonces se echó a llorar.

Capítulo Diez

El Ford de Tristan llegó a la casa de su padre dos días después en un camión casi tan viejo como el Ford. El camión lo conducía Frank.

–¿Te parece que lo pongamos al lado del garaje, debajo del olmo? –preguntó Frank–. Quedará muy bien ahí.

Sí, pensó Tristan. El metal oxidado era casi del mismo color que las hojas caídas.

–Buena idea –respondió él, y se dispuso a ayudar a Frank a bajar el coche del camión– ¿Vas a volver a Lightning Ridge inmediatamente?

–No, voy a culturizarme un poco ya que estoy aquí. He reservado una habitación en un hotel del centro y tengo entradas para un concierto de Beethoven esta noche en la Casa de la Ópera, las sonatas para piano número uno, tres y catorce.

–¿Te gusta Beethoven?

–¿No le gusta a todo el mundo?

–No.

–A Erin sí –comentó Frank asintiendo–. A esa chica le gusta la música clásica. A propósito, ¿compró más ópalos?

–No.

–Me lo imaginaba, sabe lo que es bueno. ¿Te ha atrapado ya?

Tristan se le quedó mirando sin responder. Frank era un hombre de gran inteligencia.

–Ya, la respuesta es no –añadió Frank–. Una pena, porque, por si acaso, había traído esos ópalos negros, por si te interesaba comprar alguno. Erin está llena de vida, igual que mi Janie. Los veinte años que estuve casado con ella fueron los mejores de mi vida.

–¿Qué le pasó a tu Janie?

–Que se murió y me dejó solo. Le falló el corazón. Estuve a punto de morir de pena yo también –Frank esbozó una triste sonrisa–. En la vida nada está garantizado, lo mismo pasa con el amor. Pero cuando uno lo encuentra, lo único que se puede hacer es agarrarlo con dos manos y conservarlo el tiempo que sea posible.

–¿No habrías preferido no haberte enamorado?

–No, en absoluto. Eso sería como renunciar a la vida –Frank le lanzó una penetrante mirada–. ¿Seguro que estás vivo, chico?

–Supongo que sí. Y no quiero comprar ningún ópalo negro. Si quisiera pedirle a una mujer que se casara conmigo, y no estoy diciendo que quiera hacerlo, compraría brillantes.

–Si estuvieras pensando en Erin, y no estoy diciendo que ese sea el caso, deberías comprar los diamantes de Argyles en Kimberley. La he oído hablar de ellos y se le iluminaban los ojos.

Tristan suspiró. Estaba haciendo lo posible por no pensar en Erin, sin éxito.

—Necesitaría un puñado de brillantes.

—¡Vaya! Así que lo has estropeado todo, ¿eh?

—Sí, me parece que sí. Tengo que llamarla, pero no sé qué decirle. No sé por dónde empezar.

—No suelo dar consejos sin una cerveza en la mano —dijo Frank–, pero haré una excepción. Empieza por pedirle disculpas.

Parecía un buen consejo. No le vendría mal alguno más.

—Tengo cerveza en la nevera —dijo Tristan–. ¿Tienes tiempo?

A la mañana siguiente, Tristan se dispuso a desmontar el motor del Ford. Todavía no había llamado a Erin, lo haría tan pronto como supiera lo que iba a decirle.

Dos horas más tarde seguía con el motor del coche y sin haber llamado a Erin. Pat estaba con él.

—Soy un idiota —murmuró Tristan.

—Idiota —repitió Pat.

—Un imbécil.

—Imbécil —repitió Pat.

—Pero, para empezar, es demasiado impetuosa. ¿Cómo se le ocurrió pedirle a un perfecto desconocido que la acompañara a un viaje a comprar piedras preciosas? No le tiene miedo a nada, Pat. Es demasiado generosa. ¿Tienes idea de cómo le afecta eso a un hombre? Además, no le conviene un policía. ¿A quién le conviene eso?

Por fin, un motivo claro para evitar llamarla.

–Pero estoy enamorado de ella, Pat, completamente enamorado –por fin lo reconocía–. Voy a pedir que me trasladen a Australia. Voy a quedarme aquí.

Necesitaría buscarse una casa, no podía quedarse en la de su padre. Tendría que conseguir que le concedieran el traslado.

–Y nada de trabajar de incógnito. Voy a pedir que me den un puesto administrativo –estaba cansado de su trabajo, no quería más secretos. Quería que la gente con la que tratara supiera lo que hacía–. De ahora en adelante voy a llevar una vida equilibrada.

Necesitaba poder ofrecerle eso a la mujer a la que amaba.

–Y haré deporte, puede incluso que adquiera un animal doméstico y puede incluso que tenga hijos.

¡Hijos! ¿Cómo se le había ocurrido semejante cosa?

–No me ha llamado –Erin estaba sentada encima del mostrador de la cocina de su madre comiéndose un trozo de tarta de limón con mucha nata.

Su madre estaba sentada a la mesa pintando una ilustración para un cuento en verso para niños.

–No me va a llamar –añadió Erin.

–¿Por qué no le llamas tú? –sugirió su madre.

–No –Erin sacudió la cabeza vigorosamente–. Lo

de mi caída durante la escalada ha acelerado la separación, pero iba a ocurrir de cualquier manera, o al final del viaje o a su regreso a Londres –Erin hincó el tenedor en la tarta con violencia–. Antes o después, se despediría de mí. No quiere enamorarse de mí. No quiere enamorarse de nadie.

–Tú nunca has perdido a un ser querido –dijo su madre–. No sabes lo que es que se te muera alguien que forma parte de ti. Tristan sí lo sabe. Tengo la impresión de que cuando ama lo hace apasionada y profundamente, y durante toda la vida.

–Continúa, añade sal a la herida –dijo Erin.

–Hiciste que se encariñase contigo. Y luego le llevaste a escalar, te caíste y le hiciste enfrentarse a lo que más miedo le da: creyó que te perdía. Y a eso no podía enfrentarse.

–¡Qué deprimida estoy!

–¿Estás enamorada de él?

–Sí.

–¿Estás dispuesta a luchar por él?

–Sí, lo estoy. Pero no voy a llamarle, no puedo hacerlo –Erin sacudió la cabeza–. Él también tiene que luchar por mí.

Un móvil empezó a sonar. El suyo. Lo tenía en el bolso. El bolso estaba encima de la encimera de la cocina. Se quedó mirando el bolso, el corazón le palpitaba con esperanza y terror.

–¿Y si es él? –susurró Erin.

–¿Y si no es él? –dijo su madre irónicamente.

–¿Qué hago?

Su madre dejó el pincel en la paleta y se la quedó mirando.

–Contesta.

Sí, claro, lo primero era lo primero. Tenía que contestar. Agarró el móvil y respiró hondo.

–Hola.

–Erin, soy Tristan.

Erin cubrió el teléfono con la mano.

–Es él –le dijo a su madre.

Su madre alzó los ojos al techo.

–Háblale a él, no a mí.

Sí, claro. Estaba haciendo el ridículo. Saltó de la encimera, salió de la cocina y fue al porche. Mejor hablar sin público delante.

–Hola.

–¿Te he pillado en mal momento? ¿Estás ocupada? –preguntó Tristan.

–No –eso no había sonado bien, había sonado a que se pasaba el tiempo esperando a que la llamara. Tenía que dar la impresión de estar ocupada–. Bueno, sí, estoy preparando mis joyas, pero no es mal momento. Estaba tomándome un descanso.

–Bien. Bueno… ¿qué tal va el corte de los zafiros?

–He destrozado tres zafiros, he roto tres piedras grandes y he conseguido nueve cortes preciosos. Todavía me quedan doce de las piedras más grandes y tres más de las de prácticas.

–¿Tendrás suficientes?

–Sí, creo que lo conseguiré. Son preciosas. Deberías ver el color. ¡Es perfecto!

–Me gustaría verlas –dijo él–. Me gustaría verte. Podríamos salir a cenar. O podríamos ir al cine –se apresuró a decir–. ¿Qué tal si fuéramos a cenar y luego al cine? O cualquier otra cosa. Podríamos quedar para tomar un café y luego irnos a comer al campo.

–Podríamos ir a escalar.

Tristan se pasó una mano por la cabeza y miró al cielo en busca de inspiración.

–Sí, por qué no. Quizá esta vez lograra pronunciar palabra después... siempre que no te cayeses. ¿Qué tal el hombro?

–Un poco dolorido. Y lo de escalar era una broma. Con el hombro así no voy a poder hacerlo durante un tiempo.

–Qué pena.

–Mentiroso.

Tristan notó humor en la voz de Erin. Sintió un calor que le relajó el cuerpo lo suficiente para poder decir lo que le obsesionaba.

–Te he hecho sufrir. Pero cuando subimos a la cima de esa roca no lograba quitarme de la cabeza el haberte visto cayendo y no haber podido hacer nada por evitarlo. No podía soportar la idea de perderte. Lo siento.

–No me has perdido –dijo ella con voz grave y en tono muy bajo–. Sigo aquí.

Tristan necesitaba verla.

–Me gustaría empezar de nuevo –el pecho le latía con fuerza–. Pero me gustaría ir más despacio y mejor. Quiero invitarte a cenar, para empezar.

–Buena idea. ¿Cuándo?

–¿Esta noche?

–Entonces, esta noche. ¿A qué hora?

–A las siete –las siete era buena hora. El problema era que faltaban cinco horas para las siete. Estaba más nervioso que un adolescente antes de su primera cita con una chica–. O mejor las seis. Iré a recogerte a las seis. Y tienes que darme tu dirección.

Erin se la dio y después colgó.

Erin aparcó delante de la casa del padre de Tristan a las cuatro y media. Se había puesto a cortar dos zafiros más, había destrozado el tercero y, al final, había decidido tomarse el resto del día libre.

No sabía dónde iban a cenar y había tardado una hora en decidir qué ponerse. Al final, había elegido ropa que, a primera vista, parecía informal, pero que, si uno se fijaba bien, no lo era. La camisa era ajustada y de color sandía; la falda tenía dos capas, la interior de gasa negra y la exterior verde; las sandalias eran negras a tiras, y no estaban hechas para caminar. Llevaba media docena de brazaletes de oro y un colgante al cuello de turmalina, una piedra que daba buena suerte. Estaba preparada para enfrentarse a lo que fuera.

Vio el viejo Ford de Frank, ahora el Ford de Tristan, a un lado del garaje. El capó estaba abierto. Fue entonces cuando vio a Tristan.

Tristan estaba desnudo de cintura para arriba,

solo llevaba unos viejos y rasgados vaqueros. El sudor hacía que le brillara el torso y tenía el cabello revuelto. Y a ella casi se le olvidó cómo se llamaba.

Al verla, Tristan se puso una camisa. Pero ya era demasiado tarde.

–Hola –dijo él.

–Hola, Tristan. Hola, Pat.

Pat se acercó al coche, a Tristan, y ella la miró con malicia.

–He cortado tres piedras más, me he puesto nerviosa y he venido.

Tristan no había visto nada más bonito que Erin Sinclair vestida para robarle el corazón a cualquier hombre.

–Tengo que darme una ducha –Tristan metió rápidamente a Pat en la jaula y poco le faltó para correr hasta la cocina. Allí, sacó una cerveza de la nevera, la abrió y se la dio a Erin–. Enseguida vuelvo.

–Tómate el tiempo que quieras –Erin le sonrió como lo hubiera hecho la mismísima Mae West.

Cuando regresó a la cocina, limpio, afeitado y vestido para salir a cenar, había logrado calmarse relativamente… hasta que Erin sacó una cerveza del frigorífico, la abrió y se la pasó. La cerveza acabó en la encimera y él rodeando a Erin con los brazos. El beso fue fugaz y potente. Él la soltó con la misma brusquedad con la que la había abrazado. Esta vez, tenía que hacer las cosas bien y despacio.

–Venga, vamos a cenar. Ya.

Tristan la llevó al Circular Quay y, una vez allí,

eligieron un restaurante de pescado y marisco con vistas al puerto y a la Casa de la Ópera. Era un lugar desenfadado y con bastante clientela, no un establecimiento íntimo y romántico. Estaba casi seguro de poder aguantar sin tocarla durante la cena.

–Me encanta este sitio –dijo ella ojeando el menú–. Nunca sé qué pedir, me apetece todo.

–¿Te apetece una mariscada?

Ella agrandó los ojos.

Tristan pidió una mariscada para dos y una botella de vino blanco.

–¿Qué tal te va con la preparación de las joyas para el concurso? –preguntó él.

–No había contado con tener tantos zafiros ni con tener que cortarlos yo misma –respondió Erin con el ceño fruncido–. Para conseguir hacer lo que quiero, necesitaré trabajar día y noche durante las dos próximas semanas.

–¿Tienes que trabajar con el taxi la semana que viene?

–Sí, tres turnos.

–¿No puedes encontrar a alguien que te sustituya?

–Sí, pero está el problema del alquiler de mi casa.

–También está el problema de tu futuro. Tienes que decidir qué es más importante.

–Lo haré.

–Si quieres, te pagaré el alquiler de las dos semanas próximas.

–¡No, ni hablar! –Erin echó chispas por los ojos–.

Aunque muchas gracias por ofrecerte a pagarme el alquiler.

–Está bien, te voy a proponer una cosa. Por supuesto, tendré que renunciar a mi plan original, que era llevarte a mi cama y tenerte ahí durante los próximos veinte años o así.

–¿Y tu trabajo? ¿No tienes que volver a Londres?

–He pedido el traslado a Sídney.

–Oh –Erin pareció sorprendida–. Vaya, ¿por qué no me lo habías dicho?

–Acabo de hacerlo. ¿Quieres que te proponga el plan o no?

Erin tardó en sonreír, pero cuando lo hizo, casi se le deshizo lo que le quedaba de cerebro.

–Soy toda oídos.

–El plan nuevo es llevarte a tu casa esta noche y no volver a verte hasta que no hayas terminado las joyas para el concurso.

Erin suspiró sonoramente.

–Me gusta más el plan original –Erin agarró su copa de vino y jugueteó con ella–. ¿En serio has pedido que te trasladen a Sídney?

–Palabra de honor.

Volvieron a su casa a las once. Tristan no invitó a Erin a entrar, se limitó a acariciarle los labios con los suyos brevemente.

–¿Qué ha sido eso? Porque, haya sido lo que haya sido, me ha sabido a poco.

Tristan sonrió despacio.

–Eso ha sido buenas noches.

Tristan le envió fresas para desayunar al día siguiente. Un día después la llevó a la playa Bondi de madrugada a hacer surf; después, la llevó a su casa para que pudiera trabajar.

Los días transcurrieron lentamente, entre hacer de taxista y trabajar en sus joyas. Tristan había conseguido las piezas que necesitaba para arreglar el Ford y también llegó su Holden, según le dijo en una de las breves visitas que le hizo.

El fin de semana Erin terminó los pendientes para el concurso. Tristan la llevó a pescar para celebrarlo.

Al día siguiente, por la tarde, ella le invitó a la ópera. Tres horas de Berilos. Le gustó tanto verle vestido de traje como verle sufrir.

Se volcó en el trabajo y acabó la pulsera y el broche.

Terminó el collar dos días antes del concurso.

Encontró a Tristan y a Pat al lado del Ford. Les dio órdenes de que la acompañaran y llevó a hombre y a pájaro a la casa de su madre.

Su madre estaba pintando cuando llegaron. Lillian Sinclair invitó a Tristan a sentarse junto a la barra de la cocina y el pájaro a su lado.

–Tienes buen aspecto –le dijo Lillian a Tristan por encima de la montura de sus gafas moradas–. Se ve que duermes mejor. Y tú estás radiante –le dijo al pájaro.

–Es por lo mucho que Tristan la quiere –murmuró Erin–. Ojalá tuviera yo esa suerte.

–¿Nos has traído aquí por algún motivo en especial o solo para practicar tu rutina? –preguntó Tristan con ironía.

–Sí, tengo un motivo.

Erin metió la mano en su bolsa y sacó un rollo de tela de terciopelo que desenrolló en el mostrador.

Tristan miró las piezas de joyería con intensidad, Lillian con reverencia, incluso Pat guardaba silencio. Erin sabía que se había superado a sí misma. Tanto si ganaba como si no, estaba orgullosa. Por supuesto, prefería ganar.

–Has terminado –dijo Tristan.

–Sí, he terminado.

–Champán –dijo Lillian yendo al frigorífico.

Sonriendo traviesamente, Erin fue a por las copas de champán. Una madre que guardaba champán en la nevera por si acaso era una madre digna de todo cariño.

–¿Sabes algo de tu traslado? –le preguntó Erin a Tristan, por si había algún motivo más de celebración.

–Sí, me lo han concedido. Me enteré hace unos días.

Erin, a punto de abrir el champán, se detuvo.

–¿Y no se te ha ocurrido decírmelo hasta ahora?

–Estaba esperando al momento apropiado. Ah, y ya no me voy a dedicar al robo de coches, sino al robo de diamantes.

–¡No me vengas con cuentos!

–Es verdad, lo digo en serio.

–¿Vas a seguir trabajando de incógnito?

–No, lo harán otros. Yo dirigiré las operaciones desde una oficina aquí, en Sídney.

Bueno, quizá también él se mereciera el champán. El corcho salió por los aires y ella llenó las copas. Pat agarró una uva de un frutero.

–¿No te importa? –preguntó él.

–¿Que si no me importa? Me das envidia.

–Tendré que viajar bastante; sobre todo, al principio –dijo Tristan, y ella asintió.

–A ti te gusta viajar –comentó ella.

–Sí, pero creo recordar oírte decir algo sobre la tiranía de la distancia en lo que a las relaciones se refería. Y los secretos. Aunque ya no trabaje de incógnito, habrá cosas de las que no pueda hablar –dijo Tristan con voz queda–. Sé lo que quieres de un hombre, Erin. Y sé que yo no te lo puedo ofrecer.

Lillian guardaba silencio. Pat también. Todos la miraban, pero fue a Tristan a quien ella miró. Tristan, que le estaba ofreciendo su vida.

–Bueno, últimamente estoy cambiando de idea respecto a lo que quiero de un hombre –Erin clavó los ojos en su madre y le dedicó una mirada de agradecimiento por su sabiduría y ejemplo–. He llegado a la conclusión de que, si se encuentra al hombre adecuado, de una forma u otra se conseguirá un equilibrio.

–Tengo que ir a Kimberleys mañana por la mañana, estaré fuera unos días –dijo él con pesar.

No había logrado convencer a Tristan de su since-ridad. Pero lo conseguiría, pensó Erin. Tarde o tem-prano lo conseguiría.

–Repito, me das envidia.

–Podrías venir conmigo.

Erin lanzó un gruñido.

–Es muy tentador, pero creo que esta vez debes ir solo. Pídemelo en otra ocasión.

Tristan le sonrió.

–Echaré un vistazo pensando en ti. Tomaré nota. ¿Algo que te interese en particular?

–Los brillantes blancos. No, lo de color coñac. No… los rosas.

–Amen –dijo el pájaro.

–Tú sigue comiendo uvas –le ordenó Erin a Pat.

–Idiota –dijo Pat con afecto a Tristan.

Y Tristan le dio una uva al loro.

Capítulo Once

Era oficial, la paciencia no se contaba entre las virtudes de Erin Sinclair. Si Tristan se hubiera acostado con ella antes de marcharse de viaje y le hubiera hecho el amor apasionadamente, habría esperado pacientemente a que regresara de su viaje. Pero no había sido así y se lo iba a hacer pagar.

Pasó tres días conduciendo taxis. Presentó sus joyas al concurso y limpió el coche de Rory hasta sacarle brillo.

Adoraba al Tristan relajado y alegre. Le miraba y se veía a sí misma con él durante toda la vida. Le miraba y veía un hombre que podía amar profundamente. Y quería que él la amara así.

Tristan iba a vivir en Sídney, iba a rehacer su vida allí. Y parecía que quería incluirla. Tristan se estaba portando como un perfecto caballero y le encantaba. Le gustaba de verdad.

Pero si no le hacía el amor pronto iba a estallar.

Tristan le llamó a la mañana siguiente para decirle que había vuelto. Le preguntó si estaba ocupada y, cuando ella le contestó que no, Tristan le pidió que fuera a su casa.

Encontró a Tristan sentado en el escalón superior del porche de la casa de su padre, con una taza de café en la mano y más atractivo que nunca.

Cuando ella salió del coche, Tristan le dedicó una sonrisa lasciva.

Erin llevaba un vestido azul tan corto y ajustado como para hacer babear a cualquier hombre.

Y Tristan iba a babear.

–Bienvenido –dijo ella al llegar a su lado.

Entonces, se inclinó y le dio un leve beso en los labios. Pero la levedad del beso no duró mucho. Tristan le puso la mano en la nuca y dio rienda suelta a una profunda y furiosa pasión que la dejó tambaleándose.

Mordisqueándole el labio inferior, Erin puso punto final al beso y, con satisfacción, vio la mirada encendida de él.

Entonces, se sentó en el escalón inferior al que ocupaba Tristan, asegurándose de que él le viera bien el escote.

–Esta mañana estaba ahí sentada, mirando al Monaro de mi hermano, y, de repente, me han entrado ganas de ver cuánto puede llegar a correr.

Tristan sonrió.

–Te han puesto una multa, ¿verdad?

–No, nada de eso –respondió ella con altanería–. En mi trabajo una no se puede arriesgar a coleccionar multas, me quedaría sin trabajo. No, he llamado a un amigo de la familia, que tiene un circuito para coches de carreras al oeste de Sídney, y me ha dicho que, si quiero, puedo disponer del circuito todo el día.

–Tu hermano te va a matar.

–Me debe favores. Este nos dejará empatados.

Tristan la miró, y luego al coche.

–No, te va a matar.

–Bueno, es posible, pero… ¿quieres venir o no?

–¿Para impedirle que te mate?

–No está en Australia, así que no va a haber problema. Bueno, ¿quieres venir conmigo a echar una carrera con el Monaro por un circuito?

–Sé que es un cebo –declaró Tristan–. Sé que te traes algo entre manos.

–Los policías sospecháis de todo el mundo. No lo aguanto.

–Pero ¿a que tengo razón?

–Y eso tampoco lo soporto.

–Me encanta este coche –Erin tuvo que alzar la voz para hacerse oír por encima del ruido del motor.

Estaba en mitad de la curva inferior de la pista en forma de ocho con las manos agarrando firmemente el volante. Conducía con una seguridad nacida de su temeridad natural y una cierta dosis de perversidad.

Lo estaba haciendo intencionadamente.

Tristan tenía aguante, aún no había llegado a su límite. Entonces, Erin pisó a fondo el acelerador. Cuando el cuentakilómetros marcó doscientos kilómetros por hora durante tres cuartos de la recta de dos kilómetros, Tristan empezó a rezar.

–Viene una curva –dijo él con la tranquilidad de la que fue capaz–. Solo para que lo sepas.

Erin piso el freno y rodó por el borde de la pista con un resultado espectacular. Él sabía de coches y se daba cuenta de que Erin controlaba ese a la perfección, pero le daba igual. Erin no tenía precio para él y sufría, no por lo que estaba pasando, sino por lo que podía pasar. Quería que Erin parase y aparcara el coche; sin embargo, trató de ser racional, y lo que aparcó fue su miedo. Lo estaba consiguiendo cuando ella dijo:

–Lo sé –le dedicó una sonrisa–. Hablemos de nosotros.

–¿Ahora? –no podía creer lo que acaba de oír–. ¿No prefieres… concentrarte en la conducción?

–No, nada de eso –pero, esta vez, no dobló la curva tan agresivamente.

–¿Seguro que no prefieres hablar de eso mientras nos tomamos tranquilamente un café? ¿O una cerveza o un whisky? –dijo Tristan–. Conozco un bar muy tranquilo.

–¿Cuándo vamos a acostarnos otra vez?

Eso ya fue el colmo para él.

–Para el coche.

–¿Qué?

Estaba seguro de que Erin le había oído, pero por si acaso.

–Iba a hacerlo al modo tradicional: a la luz de la luna, con música, palmeras y en una piscina natural. Incluso con uno o dos caballos pastando cerca.

–Eso está muy bien, pero también está muy visto.

–Iba a ir a recogerte en un maravillosamente restaurado Ford del treinta y nueve, con cesta de picnic incluida…

–Supongo que pensabas hacerlo esta década, ¿no? –dijo ella–. ¿Y cuándo pensabas que fuera a ser lo de la cama?

–Y pedir tu mano…

–¿Pedir mi mano?

Erin pisó el freno a fondo y patinaron en medio de una nube de humo y polvo.

–Adiós pastillas de frenos –comentó él.

–Define lo de pedir la mano.

–Está bien. Era eso de pedir a la mujer a la que quiero más que a mi propia vida que sea mi esposa. Pero no, tú, claro está, tenías que meterme prisa. Así que vas a tener que contentarte con lo que hay.

Erin le miraba con lo que parecía profunda angustia, lo que no resultaba muy alentador.

–Sé que no soy como te gustaría que fuera y que hay cosas relativas a mi trabajo que no podré compartir contigo. Pero, para mí, tú siempre serás lo primero y siempre te querré.

Los ojos de Erin se llenaron de lágrimas.

–No llores –dijo Tristan–. No es como para llorar. Ya sé que no lo estoy haciendo muy bien, pero…

–No, no, es perfecto –le interrumpió ella llorando a lágrima viva.

Tristan no le había comprado un anillo de compromiso, sino otra cosa.

–Abre la mano –dijo él metiéndose la suya en el bolsillo.

Erin se secó las lágrimas y le extendió una mano temblorosa. En ella, Tristan colocó un puñado de diamantes.

–El grande es rosa –añadió Tristan–. Pero también hay blancos, color champán y color coñac. Los que no quieras para ti puedes utilizarlos para otras joyas y venderlas.

Las lágrimas le impedían ver los diamantes, pero le daba igual. Ya los vería en otra ocasión. En ese momento, tenía cosas más importantes que hacer.

–Te amo –dijo ella con pasión–. Al único hombre al que quiero es a ti, y no se te ocurra dudarlo –Erin cerró el puño con los diamantes–. Dime qué es lo que quieres.

Tristan respiró hondo. Lo que sentía se veía reflejado en sus ojos. Tristan era lo más hermoso que había visto en su vida.

–Quiero que seas mi esposa. Quiero alegría, aunque a veces se mezcle con lágrimas. Quiero vivir así durante el resto de mis días. Contigo.

–Sí –dijo Erin.

La sonrisa de Tristan fue la sonrisa más dulce que había visto jamás. Tristan iba a besarla, de eso no había duda. Y después le iba a hacer el amor, loca y apasionadamente, tal y como ella había planeado. Le encantaba cuando los planes salían bien.

–Y otra cosa, ahora me toca a mí conducir.

Emparejada con un príncipe
Kat Cantrell

El príncipe Alain Phineas, Finn, le entregó su amor a Juliet Villere... y ella le traicionó. A pesar del deseo que aún sentía por ella, Finn no iba a volver a dejarse llevar por sus sentimientos, ni siquiera cuando una casamentera eligió a Juliet como la pareja perfecta para él.

Entonces, el destino, personificado en los miembros de la familia real, decidió intervenir en su relación. Atrapados en una hermosa isla, tendrían que permanecer cautivos hasta que Finn fuera capaz de convencer a Juliet de que se casara con él, terminando así con un enfrentamiento que duraba ya mucho tiempo.

¿Por qué su corazón anhelaba una segunda oportunidad?

¡YA EN TU PUNTO DE VENTA!

Acepte 2 de nuestras mejores novelas de amor GRATIS

¡Y reciba un regalo sorpresa!

Oferta especial de tiempo limitado

Rellene el cupón y envíelo a
Harlequin Reader Service®
3010 Walden Ave.
P.O. Box 1867
Buffalo, N.Y. 14240-1867

¡Si! Por favor, envíenme 2 novelas de amor de Harlequin (1 Bianca® y 1 Deseo®) gratis, más el regalo sorpresa. Luego remítanme 4 novelas nuevas todos los meses, las cuales recibiré mucho antes de que aparezcan en librerías, y factúrenme al bajo precio de $3,24 cada una, más $0,25 por envío e impuesto de ventas, si corresponde*. Este es el precio total, y es un ahorro de casi el 20% sobre el precio de portada. !Una oferta excelente! Entiendo que el hecho de aceptar estos libros y el regalo no me obliga en forma alguna a la compra de libros adicionales. Y también que puedo devolver cualquier envío y cancelar en cualquier momento. Aún si decido no comprar ningún otro libro de Harlequin, los 2 libros gratis y el regalo sorpresa son míos para siempre.

416 LBN DU7N

Nombre y apellido	(Por favor, letra de molde)	
Dirección	Apartamento No.	
Ciudad	Estado	Zona postal

Esta oferta se limita a un pedido por hogar y no está disponible para los subscriptores actuales de Deseo® y Bianca®.
*Los términos y precios quedan sujetos a cambios sin aviso previo.
Impuestos de ventas aplican en N.Y.

SPN-03   ©2003 Harlequin Enterprises Limited

Bianca

Ninguno de los dos estaba preparado para lo que ocurriría cuando una noche de placer no fuera suficiente

Kate Watson era una contable estirada que se había criado con una madre que se apoyaba en sus atributos físicos para conseguir cosas y, en reacción a eso, estaba decidida a ser valorada por su inteligencia y no por su belleza. Pero trabajar al lado del famoso multimillonario Alessandro Preda ponía a prueba esa determinación.

Alessandro sentía curiosidad por la virginal Kate. Estaba acostumbrado a que las mujeres lucieran sus encantos delante de él, no a que intentaran ocultarlos. Y sabía que disfrutaría del desafío que supondría desatar el volcán de sensualidad que percibía en ella…

UN DESAFÍO PARA EL JEFE
CATHY WILLIAMS

Deseo

VAN

La esposa de su enemigo

BRONWYN JAMESON

La amnesia le había robado los recuerdos, pero con solo ver la traicionera belleza de Susannah Horton, Donovan Keane evocó las apasionadas imágenes del fin de semana que habían compartido sin salir de la cama. Susannah había planeado aquel romance para arruinar un importante negocio, pero ahora Van tendría la ocasión de vengarse. En una sola noche conseguiría romper el compromiso de matrimonio de Susannah, recuperaría el negocio y se marcharía con todos los recuerdos que necesitara para seguir adelante.

Lo que no imaginaba era lo difícil que le resultaría olvidarla a ella.

Él estaba decidido a vengarse... pero aquella mujer era completamente inocente

¡YA EN TU PUNTO DE VENTA!